우중
산책

강연화 소설집

우 중
산 책

강

# 차 례

어쩔 수 없이

길을 가는데 그놈의 눈동자가 따라왔다. 나는 한눈으로 힐끗 흘기고 계속 걸었다. 눈동자가 자꾸 따라왔다. 나는 소나무 뒤에 숨었다. 딱딱한 나무둥치에 등을 기대고 하늘을 보았다. 눈동자가 소나무 그늘 아래에서 나를 쳐다보고 있었다. 나는 횡단보도 앞에 서서 파란불이 켜지길 기다렸다. 날은 더웠고, 버스는 내가 신호등이 바뀌기를 기다리고 있을 때 나타나 내가 길을 건너는 사이에 떠나버렸다. 햇빛이 쨍쨍 비치는 정류장에서 그놈의 눈 동자와 실랑이를 벌이며 버스를 기다리는 꼴이라니.

도서관 가는 길은 모텔과 카페가 늘어서 있었다. 세상에 이렇게 수많은 모텔이 있는지도 몰랐고, 여자랑은 한 번도 가보지도 못했다. 스무 살이 넘도록 제대로 된 연애 한 번 해보지 못한 나 자신이 미친놈 같았다. 카페에서 흘러나오는 노래가 공부하지 말고 미친 짓이나 하라고 흥얼대고 있었다. 나는 그놈의 차에

두고 온 내 시디가 생각났다. 그놈과 나는 고물 티코를 타고 「그
때 미쳤었지」를 듣고 다녔다. 인터넷 카페에서 다운 받아 시디로
구운 것이었다. 그놈은 그날이 마지막인 줄 알고 내 시디를 두고
가라고 했을까. 아니면 다시 만날 줄 알고 그랬을까. 내 시디 때
문에 눈동자가 나타나는 건지도 몰랐다. 골목을 빠져나오자 울
창한 산을 끼고 있는 도서관 건물이 보였다.

　도서관 책상 앞에 엎드려 잠깐 잠이 들었다. 낯선 호숫가에서
나 홀로 쓸쓸히 앉아 있는 꿈을 꾸다 깨어났다. 눈앞에 눈동자가
떠 있었다.

　허쌍리.

　나는 인사를 했다. 그놈이 가르쳐준 유일한 중국어였다. '허쌍
리'는 보고 싶었어, 라는 말이야. 한동안 못 본 사람들끼리 만나
면 엄청 반갑다고 하는 인사야. 우리 앞으로 보게 되면 허쌍리,
하자.

　뭐야, 꼭 욕하는 소리 같잖아. 그냥 안녕 하자.

　난 오늘도 안녕치 못하네. 어젯밤에도 잠을 못 잤어. 너도 알
잖아.

　나는 눈동자와 말을 하면서 드디어 내가 미쳤나, 하고 주절거
렸다.

　대추차가 좋다던데.

　냅둬. 이대로 살다 가게.

　그럼 그대로 살다 가시든지.

그놈과 나누었던 대화가 내 입에서 생생하게 튀어나왔다. 나는 취업 시험에 떨어지고 떨어지고 또 떨어지고, 그놈은 중국어 시험에 떨어지고 또 떨어지고. 그놈도 알고 보니 나와 비슷한 처지였다. 나이는 29세. 잘생기지도 못생기지도 않은 얼굴. 키가 커서 속이 비어 보였지만 도서관에 죽치고 있기에는 억울해 보이는 청춘이었다. 그놈이 불면증이 있다고 징징거려서 내가 먹던 대추차 음료를 건네주었다.

이런 것 주지 마. 정들어.

그놈은 단숨에 마셔버렸다.

한 모금이라도 남겨줄 것이지.

어젯밤에 과음해서 말이야.

그놈은 손바닥으로 가슴을 쓸어내렸다.

내가 직접 닭 가슴살에 우유와 바나나를 갈아서 가지고 간 적도 있었다. 먹는 게 너무 부실해서 큰맘 먹고 만들었던 것이다.

어쭈, 이거 영양식이네?

그놈은 내가 먹던 걸 빼앗아 제 입에 갖다 대고 목젖을 올렸다 내렸다 하면서 한 방울도 남기지 않고 잘도 삼켰다. 삼킨 지 1초 만에 속이 편안해졌다고 했다. 어젯밤에도 과음한 건가. 내 말에 그놈이 하하하, 웃었다.


커피를 마시기 위해 휴게실로 갔다. 도시락을 먹으며 떠들고 있는 아이들의 입에서 밥알이 튀어나올 것 같았다. 김치 냄새와

페인트 냄새가 뒤섞여 코를 찔렀다. 킁킁대는 나를 그놈의 눈동자가 물끄러미 쳐다보고 있었다.

왜 자꾸 내 앞에 나타나는 거냐. 무슨 할 말이라도 있다는 거냐. 사라져. 제발 사라지라고. 나는 창 쪽으로 시선을 돌렸다. 햇살이 눈을 찔러 커피 자판기 쪽으로 갔다. 창문에 붙어 있던 눈동자도 자동으로 이동했다. 나는 커피 자판기에 동전을 넣다가 아차 싶었다. 자판기가 두 개 나란히 있는데 왼쪽 자판기에 동전을 넣은 것이다. 그쪽에 돈을 넣으면 거스름돈을 삼켜버린다는 것을 뻔히 알면서도 왜 실수를 할까. 할 수 없이 50원을 더 주고 커피를 뺐다.

이거 고발해야 하는 거 아니야?

이런 식으로 돈을 얼마나 버는 거야?

그놈과 내가 처음으로 나눈 대화였다.

술 먹는 돈은 안 아까운데 이 돈 50원은 왜 이렇게 아깝지?

피 같은 돈이니까 그렇겠지?

그놈의 목소리가 들려오는 듯했다. 끄떡하면 감기에 걸려 코맹맹이 소리를 냈고, 어떤 날은 스트레스를 푼다고 도서관 뒷산에 올라가 고함을 마구 지르고 왔다며 목쉰 소리를 냈다. 그놈의 눈동자와 함께 커피를 마셨다. 불러낼 사람도 불러줄 사람도 없었다.

그러니까 도서관에 오는 거지. 갈 곳도 없고 만날 사람도 없으니까.

그건 너나 그렇지, 나는 달라.

너는 뭐가 다른데?

추락하고 또 추락해서 여기까지 온 거지.

몇 수 했는데?

나 그런 거 물어보는 거 싫어하거든.

그래. 자취방은 추우니까.

쥐구멍에도 볕들 날 없으니까.

그놈과의 대화를 시시콜콜 기억하는 나 자신이 미친 것 같았다. 나와 그놈은 간간이 휴게실 커피 자판기 앞에서 마주쳤다. 알고 보니 그놈도 도서관 문을 열 때 들어왔다가 닫을 때까지 앉아 있었다. 나중에는 별로 친하지도 않은 놈과 붙어다니며 음악을 듣고 라면을 먹을 수 있다는 게 신기했다.

소강당 앞에 옛날 영화 포스터가 붙어 있었다. 일주일에 한 번 소강당에서 영화 상영을 했다. 문을 밀치고 들어가자 열 명도 채 안 되는 사람들이 어두컴컴한 모습으로 앉아 있었다. 어둠 속을 더듬거려 의자에 앉았다. 이윽고 영화가 시작되고 주인공이 달리기 시작했다. 주인공은 달리고, 계속 달리고, 나는 눈동자를 그리고, 또 그렸다. 화면 여기저기에서 눈동자가 튀어나왔다. 정신분열증에라도 걸릴까 봐 영화관을 뛰쳐나왔다. 그놈처럼 산에 올라가 고함이라도 지를까 하고 도서관 뒷길로 나갔다. 산책로를 걸어 오르막길을 올라 편의점에 도착했다. 플라스틱 의자와 탁자가 놓여 있는 자갈 마당을 걸어 김밥과 삶은 계란과 커피 등을 팔고 있는 매점 앞에 섰다. 손님은 아무도 없었고 편의점 주인도 보이지 않았다. 배에서 꼬르륵 소리가 났다. 김밥이라도 한 줄 사먹을까 싶어 매점 앞을 서성거리다가 눈동자와 마주쳤다. 무슨 말인가를 할 듯 말 듯 눈을 깜빡였다. 너 혼자 김밥을 사먹으려고? 그게 목구멍에 넘어가냐? 하고 묻는 것 같았다. 배고픈 걸 어쩌라고. 산 사람은 살아야지. 나도 이번에는 눈동자를 피하지 않고 정식으로 대면했다. 눈동자도 나를 빤히 쳐다보았다. 나는 될 수 있는 한 따뜻한 시선으로 마주보기 위해 눈에 힘을 뺐다. 5분도 넘게 마주보았더니 눈이 아팠다. 눈을 부릅뜨자 소나무 둥치에 붙여놓은 푯말이 보였다. 푯말에 '이야기 방'이라고 쓰여 있었다. 글자 아래 붉은색 화살표가 그려져 있었다. 나는 화살표 방향으로 걸었다. 길이 점점 가팔라졌다. 산으로 올라가는 초입이었다. 이 산에 이야기 방이 있었나?

눈동자와 함께 산을 올랐다. 산길은 구부러졌다가 펴지는가 싶더니 점점 가팔라졌다. 눈동자가 헉헉대며 따라오고 있었다. 나는 숨을 고르며 아래를 내려다보았다. 멀리 도서관 건물과 그 옆에 시민운동장이 납작하게 엎드려 있었다. 올림픽 때 지었다는 시민운동장은 일요일을 제외하고 오후 다섯시부터 밤 열한시까지 시민들에게 개방했다. 축구 골대와 잔디밭과 트랙이 보였고, 개미 새끼만 한 사람들이 걷거나 달리고 있었다. 나도 한동안은 트랙을 돌았다. 운동을 하지 않고 하루 종일 눈동자만 그렸다면 미쳐버렸을지도 몰랐다. 어느 날은 혈서를 쓰기도 했다. 눈을 꽉 감고 새끼손가락을 살짝 물어뜯었다. 피는 나오지 않았다. 그래도 나는 썼다. '열공'이라고. 그래놓고 취업은 뒷전이고 또 눈동자를 그리고 있었다. 눈동자에 집착하고 있었다. 종이에 눈동자를 그리고 불살라버렸다. 그래도 눈동자가 되살아났다. 다시 종이에 눈동자를 그리고 씹어 먹었다. 냅둬. 이대로 살다 가게. 그놈이 했던 허튼 소리가 생각나면서 눈꼬리에 눈물이 찔끔찔끔 흘러내렸다. 내가 진짜 미친 거 아니야. 나는 씹고 있던 종이를 꿀꺽 삼켰다.

'이야기 방' 화살표를 따라 계속 걸었다. 내가 이야기를 해본 지가 얼마나 됐나. 그놈이 떠나간 뒤 그 누구와도 말을 해보지 않았다. 책을 읽으며 중얼거리기도 해봤지만 그것도 미친 짓이었다. 숲속으로 들어갈수록 시야가 어두침침해졌다. 약수터에서 물 한 바가지 받아먹고 지금껏 따라오느라 애쓴 눈동자에게도 마시라고 건넸다. 눈동자가 꿀꺽거리며 물 먹는 소리가 들리는 듯했다. 날이 저녁처럼 어두웠다.

사람들은 날씨가 안 좋은 날에는 무슨 생각을 할까?

나는 날씨가 안 좋은 날은 바둑판을 떠올려.

오늘은 흰 돌이 많나, 검은 돌이 많나?

하늘은 온통 검은 구름이 떠서 천천히 이동하고 있었다.

오늘은 검은 돌이 많군.

헛소리를 하는 걸 보니 드디어 정신이 나간 건가. 그런 걱정은 하지 않아도 된다. 그놈과 함께 나누었던 대화를 재현해본 것뿐이다. 날씨가 흐리고 맑듯이 눈동차에도 표정이 있었다. 흐림, 약간 흐림, 매우 흐림이랄까. 왜 그래? 무슨 일 있어? 무슨 일인데? 하고 묻고 싶은 표정.

눈동자가 등성이를 넘나들었다. 소나무 가지 위에 있는가 하면 개울 속으로 풍덩 빠지더니 징검다리를 띄엄띄엄 건너 평평한 길로 들어섰다. 내 눈길이 닿고 발길이 닿는 곳마다 줄기차게 따라왔다. 나는 개천가에 일렬로 서 있는 나무 중에서 그놈의 눈을 닮은 나뭇잎 한 장을 땄다. 나뭇잎을 물 위에 띄우고 물살에 따라 흘러가는 것을 지켜보았다. 그놈이 나뭇잎처럼 흘러가서 오대양 육대주를 지나 멀리멀리 사라지기를 바랐다. 눈동자는 쉽게 사라질 의향이 없다는 듯 물가에 난 잡초에 걸린 채 동동 떠 있었다. 나는 터덜터덜 걸었다. 한참을 걷다 보니 화살표가 보이지 않았다.

어디로 가는 거지……

주춤거리는 사이 도사같이 생긴 남자가 나타났다. 장발을 하고 수염을 길게 기른 남자는 손에 지팡이를 들고 두루마기를 펄럭이며 터벅터벅 걸어왔다.

혹시 이 산에 '이야기 방'이 있나요?

남자에게 물었다.

저쪽으로 돌아가서 쭉 올라가십시오.

남자가 손을 쭉 뻗어 반대편 길을 가리켰다. 나는 뒤돌아서서 걷다가 갈림길 앞에서 멈추었다. 왼쪽으로 굽어들어 평평한 길을 줄곧 걸어 샛길로 빠지는 곳에서 남자와 다시 마주쳤다. 남자와 앞서거니 뒤서거니 하며 걸었다. 이 남자는 뭐하는 사람일까. 스님도 아니고, 일반인도 아니고, 도를 쌓는 사람인가. 남자에게 신경 쓰는 사이 눈동자가 보이지 않는다는 걸 깨달았다. 내가 조금이라도 한눈을 팔면 눈동자는 순식간에 어디론가 숨어버리곤 했다. 그대로 사라져버리면 얼마나 좋을까. 내 말이 끝나자마자 구름 사이에 숨었던 해처럼 눈동자가 모습을 나타냈다.

몹쓸 눈동자……

나도 모르게 나온 말이었다.

저에게 뭐라고 했습니까?

앞서 걷던 남자가 뒤돌아보았다. 나는 이것도 운명인가 싶어 남자에게 눈동자에 대해 말했다.

벗어날 수 있을까요?

남자에게 물었다.

지금 염라대왕이 와서 말했어요. 한 번만 더 그 사람을 생각하면 넌 죽는다. 그래도 생각할 수 있어요?

네. 소용없을 것 같아요.

습이군요.

습. 나는 알 듯 모를 듯했다.

무슨 방법이 없을까요?

나는 다시 물었다.

우리 학당에서 평정심 공부를 하고 있으니 함께 하시지요.

남자는 출가했다가 속세가 그리워서 나왔는데, 이쪽에서 보니 또 저쪽이 그리워서 산중턱에 자리를 잡고 수행을 하고 있다고 말했다. 구불구불한 길을 한참 걸어가자 조그만 암자가 보였다. 그곳으로 들어가서 남자와 마주앉았다.

눈동자가 따라다닌 지는 얼마나 되었습니까?

일 년 되었습니다.

음…… 일 년 동안의 습이라……

벗어날 수 있을까요?

그리 오래 걸리지는 않겠군요.

남자가 선반 위에 놓인 상자 안에서 조그만 수첩을 꺼냈다. 내 앞에 수첩을 펼쳐놓고 소리를 내서 읽으라고 했다. 한 번도 본 적 없는 문자였다. 내가 입을 다물고 있자 남자는 끝내 읽어보라고 했다.

이걸 읽으면 눈동자가 사라진다고요?

습에서 벗어나기 위함이죠.

남자의 강압에 못 이겨 결국 읽고 말았다. 처음 보는 글자 옆에 써놓은 한글을 읽으려고 하자 혀가 잘 돌아가지 않고 발음도 어색했다. 괴상하기 짝이 없는 글자를 애써 읽으려니 기분이 나빴다. 무슨 뜻인지도 모를 말을 중얼거리고 있다니. 이것도 미친 짓 같았다. 이렇게까지 해서 눈동자를 지우고 싶지도 않았다. 막상 눈동자가 사라진다고 생각하니 눈시울이 축축해졌다. 콧잔등이 시큰거렸다. 이건 무슨 미친 시추에이션인가.

나중에 읽으면 안 될까요?

나는 정말 읽기 싫었다.

그럼 의미가 없죠.

남자의 말에 나는 무슨 의미냐고 물으려다 말았다. 지금 당장 그 주문을 읽어야만 눈동자가 사라질 거라는 말을 듣게 될 것 같아서 두렵기도 했다.

나를 못 믿으세요?

남자가 물었다.

모르겠는데요.

나는 이제 그만 가보겠다고 일어났다. 남자가 이제 곧 평정심 공부가 시작되니 기다리라고 했다. 지금 하지 않으면 습에서 영영 벗어나지 못할 거라고 했다. 지금 나를 위협하는 건가. 내 문제는 내가 해결할 거다.


눈동자와 함께 길을 걸었다. 오솔길을 따라가자 사람들이 길게 줄 서 있는 게 보였다. 소나무 숲에 둘러싸인 통나무집 앞이었다. 사람들의 손에는 만 원짜리 지폐가 들려 있었고, '이야기 방'이라고 써 붙인 방문 앞에서 한 여자가 돈을 받고 있었다. 나도 만 원을 내고 방 안으로 들어갔다. 수많은 사람들이 둘러앉아 이야기를 하고 있었다.

누군가가 다른 누군가를 사랑한다는 이야기를 했고, 또 다른 누군가는 미워한다는 이야기를 했다. 사랑과 미움의 역사가 이어지고 있었다. 누군가가 바람난 이야기를 하고 나면 이내 바람의 역사가 줄줄이 달려 나왔다. 어떤 사람이 음담패설을 이어가자 돈 받은 여자가 제지시켰다. 저런 한심한 이야기를 하려고 여기까지 와서 돈 내고 들어왔나, 하고 투덜거렸다. 도서관에서 어슬렁거리던 백수건달 같은 남자도 있었고, 시민운동장에서 줄기차게 트랙을 돌던 초로의 남자도 있었다. 나는 사람들의 이야기를 들으며 내가 왜 여기 있지, 뭐하러 왔지, 어쩌다가 여기까지 온 거지, 생각했다. 이것도 운명이라면 운명으로 받아들이고 내가 할 이야기를 준비해야지. 만 원이나 내고 들어왔는데. 피 같은 돈을 헛되이 쓰면 안 되지.

나는 그놈의 이야기밖에 할 게 없었다. 그런데 막상 얘기하려고 하자 나는 그놈에 대해 잘 모르고 있었다. 이런 일이 생길 줄 알았으면 그놈을 졸라서라도 1억 원어치 들어둘 걸 그랬다. 그놈은 내가 무슨 질문을 하면 나 그런 거 물어보는 거 싫어하거든, 하고 말문을 막아버렸다. 아무리 그렇다고 왜 아무것도 묻지 못했을까. 그놈이 나를 차에 태워주는데 기름값을 한 번도 못 내서 주눅이 들었던 것일까. 그 고물 티코가 기름값이 나오면 얼마나 나온다고. 그놈이 술 먹고 속 쓰리다고 할 때마다 콩나물해장국을 사준 걸로 치자면 내가 쓴 돈도 만만치 않을 것이다.

도서관이 문을 닫는 날, 썰렁한 자취방에서 라면을 먹다가 그놈을 떠올리려고 하면 막상 얼굴이 생각나지 않았다. 날마다 봤던 놈인데 하루 안 봤다고 얼굴을 잊어버린 건가. 도서관에서 그놈을 만나게 되면 새삼스럽게 쳐다볼 때가 있었다. 그놈도 책을 들여다보다가 혹은 컴퓨터를 보다가 시선을 떼고 돌아보곤 했다.

이 눈을 봐봐. 위로 쭉 찢어졌다가 끝으로 가면서 눈꼬리가 살짝 처질 듯 말 듯한 게 닮았지 않냐?

우리는 일란성 쌍둥이 아닐까, 세상으로부터 버림받은?

그놈과 농담을 하며 서로의 눈을 바라보았다. 그놈이 내 속눈썹을 만지는 바람에 재채기가 터져 나왔다. 사내자식이 부끄러워하기는. 그놈은 큰 소리로 웃으며 내 어깨 위에 손을 올렸다. 하하하…… 웃음소리가 공허하게 들렸다.

그런데 왜 우리는 가까운 동네 도서관을 놔두고 먼 시립 도서관을 다니는 걸까?

동네 창피해서 그렇겠지?

그놈과의 대화가 하나둘 늘어가고 서로의 어깨 위에 손을 올리는 횟수도 늘었다. 그놈이 내게 어깨동무를 했을 때, 나는 둘이서 스터디를 하자고 제안했다. 면접의 기본문항을 작성해서 서로에게 면접관 역할을 해주는 식의 스터디였다. 그놈은 공부는 원래 혼자 하는 거라고 하면서 엉뚱한 제안을 했다.

우리 만날 때마다 미친 짓 한 가지씩 할래? 일단 만나자마자 허쌍리, 하고 나서 서로의 눈을 5분 동안 말없이 쳐다보기. 콜?

우린 동지니까, 콜.

그러면서 그놈은 이 차가운 세상에 우리끼리라도 인사를 나누자고 했다. 아니 교감을 나누자고 했던가. 아가페적인 사랑을 연구 중이라고 했던가. 그게 무슨 미친 짓인지는 몰라도 나는 그놈이 원하는 대로 해주었다. 서로의 흐리멍덩한 눈을 쳐다보면 웃음이 터져 나왔다. 유일하게 웃어본 기억이었다.

나는 그놈의 눈동자를 응시했다. 눈동자도 움직이기를 멈추고 나를 물끄러미 쳐다보았다. 아무리 쳐다봐도 웃음이 나오지 않았다. 원래 불면증이 있는데 우울증까지 겹친 것 같아. 젠장. 중국어 시험에 또 떨어졌어. 그놈의 눈동자가 침울해 보였다. 나는 「그때 미쳤었지」를 들려주었다. 내 시디를 들은 뒤 한참이 지난 어느 날, 그놈은 그제야 생각났다는 듯이 「그때 미쳤었지」를 자기가 만들었다고 했다. 어느 날 술을 먹다가 뮤즈의 도움을 받아 단번에 써내려간 곡이라고 했다. 인터넷 카페에 올렸는데 잊고 있었어. 그놈은 태연하게 말했다. 자작곡이 확실하다면 파일을 보여달라고 했더니 어느 카페에 올렸는지 모르겠다고 했다. 망각 증세가 있거든. 그러고는 큰 소리로 하하하.

나를 만나기 전 그놈은 중국어 시디를 들고 다녔다고 했다. 중국어를 열심히 배워서 선생이 될 거라고 어깨를 으쓱거렸다. 요즘 중국 학생들이 많이 건너오잖아. 그러면서 자기가 딱 하나 듣는 음악도 중국 노래라고 했다. 향향, 이라는 가수가 부르는 노랜데 친구가 사준 거라고 했다. 그놈의 입에서 튀어나온 친구, 라는 단어가 무척이나 생소했다. 그놈이나 나나 백수 생활 오 년을 넘겼으니 친구들이 다 떨어져 나갔다는 사실을 부인할 수 있을까. 친구나 친척이나, 단 한 번도 전화가 걸려오지 않는 걸 보면 천애 고아가 아니었나 싶다.

이거 내가 좋아하는 노랜데 한번 들어보든지.

그놈이 향향을 들려줄 때 잘 들을 걸 그랬다. 나는 「그때 미쳤었지」를 듣느라고 향향이 귀에 잘 들어오지 않았다.

향향.

검색창에서 향향을 찾고 있는데 노인이 들어와서 말하기 시작했다. 사람들이 노인을 향해 순서를 지키라고 투덜거렸다. 할아버지 순서를 지키세요. 돈 받은 여자가 말하자 노인이 버럭 화를 냈다. 댁은 장유유서도 모르셔? 노인은 여자의 말을 무시하고 이야기했다. 무슨 이야기를 하는지 내용은 알 수 없으나 목소리가 시끄러웠다. 모두들 귀에 리시버를 꽂았다. 노인이 떠드는 소리를 나만 듣고 있었다. 들어도 들어도 내용을 알 수 없는 이야기였다. 헛기침 소리처럼 시끄럽고 때론 콜록거리다가 가래침을 뱉듯이 목청을 돋웠다. 그러다가 어느 순간 뚝 멈췄다. 다음은 청년 차례예요. 여자가 나를 지목했다.

나는 이야기를 시작했다.

그놈과 나는 거의 말을 하지 않고 「그때 미쳤었지」를 듣고 다녔습니다. 처음부터 끝까지 자기가 미친 것 같다는 가사를 반복하는 노래였습니다. 미친 것 같은 가사를 따라 부르면 나도 미친 것 같은 착각이 들곤 해서 그만 들으려 하다가도 듣게 되었습니다. 왜냐하면 그 주인공이 아무리 미친 짓을 하지 않으려고 해도 미친 짓을 멈추지 못한다는 내용이 반복되면서 언제 미친 짓을 끝낼까, 궁금해지는 바람에 들곤 했습니다. 하지만 주인공은 미친 짓을 멈추기 위해 다시 미친 짓을 합니다.

내가 왜 이런 이야기를 하고 있는 거지?

우리는 고물 티코를 타고 「그때 미쳤었지」를 들으며 미친듯이 돌아다녔습니다. 시디에서 흘러나오는 노래를 그놈과 내가 한 소절씩 번갈아가며 부르다가 후렴구에서는 듀엣으로 따라 불렀습니다. 화음이 안 맞는 게 당연하다고나 할까요.

누군가 조그맣게 그 노래를 들려줄 수 없냐고 물었다. 돈 받은 여자였다. 궁금해서 그래요. 여자의 말에 사람들이 노래해, 노래해, 하고 부추겼다. 내가 당황해서 가만히 있자 사람들이 일제히 소리쳤다. 노래해. 노래해. 노래해……

나는 흠흠 헛기침을 하고 나서 노래를 불렀다. 오늘도 나는 미친 짓을 하고 말았네. 어제도 나는 미친 짓을 했었지. 내일은 무슨 미친 짓을 할까 연구하고 있다네……

여기까지 할게요. 나는 다시 이야기를 했다.

왜 이런 미친 것 같은 노래를 만들었냐고 묻자, 그놈은 그 노래를 만들 때 자신이 취해 있었기 때문에 몽롱한 분위기가 날 거라고 했습니다. 그리고 앞으로도 어떻게 하면 잘 미칠 수 있을까, 연구 중이라고 했습니다. 그놈은 술을 먹느라고 중국어 공부도 열심히 하지 않는 것 같았습니다. 그래 가지고 어느 세월에 중국어 선생이 될 수 있을까요. 일 년 동안 함께 다니면서 그놈의 입에서 나온 말이라고는 허쌍리, 외에는 들어본 적이 없었습니다. '허쌍리'는 보고 싶었어, 라는 말이라고 했습니다. 한동안 못 본 사람들끼리 만나면 무척이나 반갑다고 하는 인사인데요……

누군가 들릴 듯 말 듯 그만 해, 하고 말했다. 노래해, 하고 선동했던 여자였다. 나는 왜 그러냐는 눈짓을 여자에게 보냈다. 만원어치 넘었으니까 그만 하라고, 시간 지났다고. 여자가 입을 삐죽 내밀고 고개를 흔들었다. 나는 아직 할 이야기가 남아 있었다. 꼭 해야 할 말도 있었다. 시간을 더 연장해서 할까 말까. 나는 망설였다. 그런데 사람들의 표정이 뜨악한 건 뭔가. 그놈이 내 곁을 떠나버렸다는 말을 하지 않아서 진심이 전달되지 못한 건가. 나는 솔직하지 못해서 손해 본 것 같은 기분이 들었다. 만원 내고 오천 원어치 얘기한 기분. 거스름돈을 달라고 해도 주지 않겠지. 그렇다고 내가 만 원을 더 내고 그놈의 얘기를 한다는 것도 미친 짓이었다. 결국 나는 미친 짓을 감행했다.

그날 밤, 도서관에서 나와 버스 정류장을 향해 걷고 있는데 갑자기 그놈이 나타나서 빵빵거렸습니다.

왜 오늘 도서관에 안 온 거야.

그놈에게 물었지만 나는 하나도 궁금하지 않았습니다.

안 가르쳐줘.

그놈은 웃지도 않고 밥 먹으러 가자고 했습니다. 자기가 사겠다고요. 맨날 얻어만 먹던 놈이 밥을 사겠다니 무슨 꿍꿍이속인지 알 수 없었습니다. 그래놓고 나한테 뒤집어씌울 게 뻔하지. 그놈과 나는 밥 먹으러 가서 술을 마셨습니다. 내가 안주를 시키려고 벽에 붙은 메뉴판을 읽다가 고개를 돌렸을 때 나를 빤히 쳐다보고 있던 그놈과 눈이 마주쳤습니다. 그놈의 눈은 신나게 웃고 있었습니다.

무슨 기분 좋은 일이 있나 보지?

술 마셨잖아.

그게 무슨 상관인데?

넌 설명해도 몰라.

중국어 시험에 합격이라도 한 거야?

그놈은 말없이 웃었습니다. 언제나처럼 웃음소리도 내지 않고요. 참으로 낯선 광경이었습니다. 나는 웃고 있는 눈에게 배반감마저 들었습니다. 우리는 눈물을 뚝뚝 흘리며 불면의 밤을 보내야 어울린다는 말씀이지요. 우리는 동지니까요. 그놈이 나에게서 멀어져 금방이라도 떠날 것 같은 기분이 들었습니다. 술을 마실수록 정신이 깨어나면서 속이 허해졌습니다. 따뜻한 국물에 밥을 말아 먹고 싶은 밤이었습니다.

우리 저기서 자고 가자. 취했는데.

내 말에 그놈은 순순히 대답했습니다.

그래. 자취방에 가봤자 썰렁하니까.

그놈과 나는 취한 채 모텔에 갔습니다. 방에 들어가자마자 그놈은 옷을 훌훌 벗어던지고 팬티만 입은 채 침대 위에 벌렁 나자빠지더니 머리가 닿자마자 코를 곯았습니다. 이건 반칙이야. 밤새워 술 마셔야지. 나는 그놈을 흔들어 깨웠습니다. 그놈이 배시시 눈을 뜨고 나를 쳐다보았습니다. 흐리멍덩한 눈이었습니다. 나는 그놈의 눈을 쳐다보았습니다. 그놈은 이내 눈꺼풀을 닫고 돌아누웠습니다. 나는 왠지 쓸쓸해져서 멍하니 천장을 바라보았습니다. 이상하게 눈물이 나올 것 같았습니다. 자고 있는 놈의 등에 대고 동지는 무슨 동지야, 어차피 인간은 혼자야, 하고 뇌까리고는 신발을 신고 문을 열고 나왔습니다. 그놈이 내가 혼자하는 말을 들었을까요, 아니면 오줌이 마려워서 잠이 깼을까요. 문 열리는 소리가 나서 돌아보았더니 그놈이 나를 잡으려고 다급하게 달려오고 있었습니다. 나는 얼른 비상구로 빠져나왔습니다. 철문이 쾅 닫히는 소리가 나고 그놈이 쫓아오는 소리가 들렸습니다. 쫓고 쫓기는 발소리로 나선형의 계단이 쿵쿵 울렸습니다. 나는 곧 잡힐 것만 같아서 죽을힘을 다해 달렸습니다. 그놈은 팬티만 입고 나를 쫓아오는 걸까. 어떻게 그렇게 빨리 내 뒤를 따라올 수 있을까. 궁금했지만 뒤돌아보는 순간 잡힐 것 같아서 앞만 보고 달렸습니다. 나는 한참을 달려가서 뒤를 돌아보았습니다. 그놈은 맨발에 팬티만 입은 채 더 이상 따라오지 못하고 나선형의 계단 끝에 서 있었습니다. 그놈은 왜 그렇게까지 나를 붙잡으려고 했을까요. 나는 왜 죽어라고 도망쳤을까요. 둘 다 미친 짓을 했던 거지요. 그렇게 장난을 쳤는데 마지막이 될 줄 몰랐습니다. 내가 마지막으로 미친 짓을 했던 그날, 그놈은 모텔에서 나와 병든 티코를 몰고 가다가 가로수를 박고 그대로 가버렸습니다. 혹시 같이 술 마셨냐고 경찰이 찾아와서 물었을 때 나는 고개를 흔들어야만 했을까요. 그날 내가 미친 짓만 하지 않았어도 그놈은 자취방으로 무사히 돌아가지 않았을까요.

나는 고개를 푹 숙였다.

자책하지 마세요. 그놈은 자살한 거예요. 술 먹고 사고 난 것처럼 감쪽같이 위장한 거예요.

돈 받은 여자가 내 등을 토닥거리는 바람에 깜짝 놀라 일어섰다. 이야기 방을 나오며 이 모든 이야기를 내가 지어낸 게 아닌가, 하는 생각이 들었다. 어쩌면 나는 이야기꾼이 될 수 있을지도 모른다. 천일야화처럼 날마다 이야기를 지어낼 수 있을까. 그리하여 죽음을 모면할 수 있을까.


앞서가는 눈동자를 따라 걸었다. 어둠에 묻혀 있는 길을 걸었다. 달빛에 길게 늘어난 내 그림자가 나무 그림자 위를 걸었다. 하늘을 올려다보았다. 보름달이 떠 있었다. 눈동자가 서서히 달 속으로 스며들었다. 달 달 무슨 달 낮과 같이 밝은 달 어디 어디 떴나. 어릴 땐 달과 같이 걸으면 밤길이 캄캄해도 덜 무서웠다. 달 달 무슨 달 쟁반같이 둥근 달 어디 어디 비추나. 노래를 부르며 걸어갔다. 그러다가 나도 모르게 노래를 흥얼거렸다. 나는 미쳐가고 있어. 미친 것이 싫지만은 않았어. 미친 척을 했더니 정말로 미쳐가고 있었지. 나는 너를 만났어. 너도 미쳐가고 있었지…… 노래를 부르며 산을 내려왔다.

차 한 대가 내 옆을 지나갔다. 저만치 가던 차가 뒤로 슬슬 후진을 하더니 내 앞에 멈춰 빵빵거렸다. 내가 가만히 서 있자 운전석에 앉은 여자가 고개를 내밀었다. 돈 받은 여자였다. 어디까지 가세요. 태워다줄게요. 여자의 말에 픽 웃어버렸다. 여자도 픽 웃고 쏜살같이 가버렸다.

연구를 많이 해야 해. 그래야 작품이 나오거든. 그놈은 「그때 미쳤었지」의 후속곡을 만들기 위해 연구 중이라고 했다. 그러면서 저번 것은 실패작이라고 덧붙였다. 이번에는 잘 좀 됐으면 좋겠어. 그놈은 헛웃음을 웃으며 「그때 미쳤었지」의 후속곡은 나와 함께 다니면서 영감을 받았다고 했다.

영감?

나는 영감이 될 만한 행적들을 뒤져보았다.

하루는 도서관에서 나와서 그놈의 고물 티코를 타고 돌아다니다가 길을 잃었다. 「그때 미쳤었지」를 반복해서 듣다가 방향감각을 상실했다. 여기가 어디야. 길을 잘못 들었어. 기왕 잘못 든 김에 바닷가나 갈까. 자취방에 가봤자 썰렁하니까. 그런데 이 고물 티코가 더 춥고 위험해. 바람이 조금만 더 불면 뒤집힐 것 같아. 이건 교통수단이 아니라 일종의 무기 같은데. 위험한 무기. 그건 우리 티코의 매력이야. 열한시가 넘은 시각 우리는 바닷가에 갔다. 영하 15도, 체감온도 영하 20도가 넘는 바닷가에 서서 찬바람을 들이마셨다. 다음날 도서관에서 만났을 때 그놈은 코맹맹이 소리를 내며 말했다. 나 감기 걸렸어.

또 하루는 도서관에서 돌아오는데 비가 쏟아졌다. 앞을 분간할 수 없을 만큼 비가 내렸다. 비 오는데 불빛이나 보러 갈까. 저 멀리 반짝이는 강변의 불빛 말이야. 우리는 티코를 타고 불빛을 보러 갔다. 자취방에 가봤자 썰렁하니까. 이유는 그것뿐인가. 열한시가 넘은 시각 억수같이 내리는 빗속을 뚫고 갔다. 비바람이 조금만 더 몰아치면 티코가 물에 잠겨버릴 것 같았다. 그게 우리 티코의 매력이라고. 그놈은 마치 병든 애완견을 다루듯 조심조심 핸들을 돌렸다. 불빛은 여기도 있고 저기도 있는데 왜 하필 저 멀리 있는 강변 다리까지 불빛을 보러 가야 했을까. 도서관 휴게실 창문 너머로 보면 저 멀리멀리에서 굉장히 아름답게 반짝이면서 밤이 왔다고 알려주잖아. 불빛을 보러 가서 우리는 실망했다. 불빛은 빛나지 않았다. 가로등이 고개를 숙인 채 비를 맞고 있었다. 멀리 있는 것이 아름답다. 내가 말했다. 사람도 마찬가지겠지. 하하하.

진작부터 말하고 싶은 걸 참고 있었는데 말해도 되냐?

나 그런 거 말하는 거 싫어하거든.

그래도 말할 거야.

그런 거 말하는 거 싫어한다고.

너는 무슨 웃음을 그렇게 과장되게 웃냐.

하하하. 하하하.

흠흠. 나는 콧노래를 불렀다. 그놈과의 행적을 잘 연구해서 랩으로 부르면 괜찮을 것 같았다. 그리고 후렴을 넣어주는 거다. 그때 미쳤었지…… 어쩌면 나는 가수가 될 수 있을지도 몰랐다. 무대 위에 올라 노래를 부르면 눈동자도 사라지겠지. 외로움도 사라지겠지.

우중산책

달빛에 길게 늘어난 그림자가 우리 곁을 바짝 쫓았다. 절뚝이는 구부정한 그림자를 꼿꼿한 그림자가 앞섰다. 멈추어 기다렸다. 다시 앞섰다. 두 개의 그림자가 바닷가를 한 바퀴 빙 돌았다. 난, 이렇게 높고 캄캄해, 하고 말하듯이 어둠 속 산의 윤곽이 뚜렷했다. 물안개가 피어올랐다. 서서히 산을 향해 갔다. 이윽고 물안개와 산이 만났다. 서로의 안부를 묻고 있을까. 그냥 가기 서운한지 엄마는 바다를 향해 다시 몸을 돌렸다. 내 새끼들아, 잘 자라. 낼 아침에 또 오마, 하고 중얼거렸다. 무슨 말을 듣고 있는 사람처럼 바다를 향해 귀 기울였다. 나도 엄마처럼 해보았다. 파도 소리. 바다 끄트머리까지 쫓겨 와 쓰러지는 소리. 버림받은 여자 같았다. 신발에 든 모래를 바닷물에 씻어낸 엄마가 이제 그만 가자고 했다. 여기서 살아버리지 왜. 그런 말을 하는 대신 엄마를 부축했다.

방문을 열자 쑥 냄새가 물씬 풍겼다. 윗목에 쑥이 널려 있고 엄마의 이부자리가 깔려 있었다. 그 옆에 내 자리를 마련했다. 엄마의 구부정한 잔등이 창호지문 가득히 들어차 일렁거렸다. 방바닥이 탈 듯이 뜨거웠다. 한겨울도 아닌데 왜 이렇게 불을 땠 냐고 투덜댔다. 너 추울까 봐 그랬다고 엄마가 말했다. "더워 죽 겠어." 나는 방문을 활짝 열었다. 어둠이 입을 쩍 벌리고 있었 다. 철썩거리는 소리가 희미하게 들려왔다. "그 죽는다는 소리 입에 달지도 마라." 엄마가 잠꼬대를 하는지 중얼거렸다. 어둠이 갯벌처럼 방 안으로 흘러 들어와 내 몸을 빨아들이는 상상을 하 다가 잠들었다.

"또 꿈꿨어." 눈을 뜨자마자 내 입에서 짜증스런 말투가 흘러 나왔다. 귀도 밝지도 않으면서 그런 말은 잘 들리는지 엄마가 말 했다. "산 넘고 물 건너 목포까지 따라왔다이. 나타나면, 오냐, 나타났냐, 해. 그러다 보면 제풀에 그만 나타난다." 엄마가 절뚝 이며 이불을 갰다. 다 큰 자식 시키지 않고서. 이불 아래 늘 있던 부엌칼이 보이지 않았다. 이젠 아예 귀신들과 함께 사는 모양이 었다. 가방을 메고 문을 나서는 나를 엄마가 붙들었다. 내 생일 인데 미역국에 밥 한술 먹고 가라고. 저런 말이 쉽게 나올까. 내 생일날, 엄마를 찾으러 목포 바닷가까지 오게 해놓고 미안하지 도 않을까. 수시로 전화했던 엄마가 하루 종일 연락도 없고 전화 도 안 받으니 찾으러 올 수밖에. 사고라도 났나, 걱정하고 왔더 니 바닷가를 산책하고 있었다. 엄마는 아직도 바닷가를 벗어나지 못하고 귀신들과 살고 있을까. 미역국 끓여줄 테니까 하루만 더 있다가 가라는 엄마의 말을 무시하고 쑥 내 물씬한 방을 빠져 나왔다. 나오지 말라고 해도 엄마는 배웅을 하겠다며 기어이 따라 나왔다.

"남들은 딸이 엄마를 졸졸 따라다니면서 이야기를 한다는 디……" 엄마는 항상 거기까지만 말했다. 너는 왜 남의 집 딸처럼 살갑게 굴지 않느냐, 라는 말을 하고 싶은 것이었다. 엄마랑 할 얘기가 없어서 카세트테이프에 녹음하는 방법을 알려주었다. 여기다가 하고 싶은 말 다 해. 내가 나중에 들을 테니까. 그러고는 까맣게 잊어버렸다. 나 혼자 가겠다고 해도 절뚝이며 따라오는 엄마를 향해 참았던 말을 뱉어버렸다. 이제 바닷가에 그만 좀 나가라고. 다리도 아픈데 그게 뭐하는 짓이냐고. 그러다가 더 아프면 누굴 고생시키려고 그래? 입에서 나오는 대로 쏘아붙였다. 엄마는 못 들은 척 손을 흔들었다.

"이제 엄마는 귀신이랑 산대. 날이 밝기도 전에 산책할 준비를 하더라. 바닷가를 한 바퀴 빙 도는 거지. 절뚝절뚝 걸으면서도 시선은 바다를 향하고, 내 새끼들아, 엄마가 왔다, 하고 말하는 거야. 그런데 너, 눈동자도 움직이지 않네. 꼭 죽은 것 같잖아." 나는 개를 향해 식탁 위의 냄비받침을 집어던졌다. 짚으로 짜인 냄비받침은 반원을 그리려다 말고 내 발 아래로 곤두박질 쳤다. 허공을 멍하니 바라보는 내 모습이 거울에 비쳤다. 기미가

긴 얼굴 뒤로 달력이 보였다. 빨간 볼펜으로 내 생일에 동그라미를 쳤다.

엄마는 지금도 바닷가에 갔을 것이다. 아니면 쑥 뜯으러 갔거나. 바닷가와 쑥 나는 곳. 엄마의 행동반경이다. 엄마는 하루에도 몇 번씩 바닷가를 도는 것처럼 쑥 찜을 하지 않으면 안 된다. 그래서 엄마의 다리는 진하게 쑥물이 배어 있었다. 봄 내내 쑥을 뜯어 말려두었다가 겨우내 썼다. 벌써 오래되었다. 밤에 자다가 엄마의 비명 소리를 들었다. 절단이 날 모양이라고 다리를 움켜쥐었다. 칼로 자르는 것마냥 아프다며 울었다. 엄마가 우는 것을 오빠들이 죽었을 때 말고 처음 보았다. 옳게 귀신들린 거라고 아버지가 비아냥거렸다. 너는 귀신을 자청해서 부르는 여자니께, 했다. 노년의 신경통임을 믿지 않았다. 의사 놈들이 뭘 아냐며 굿을 하자고 했다. "굿이라면 자다가도 송신증이 나요. 무당을 믿느니 차라리 내 지팡이를 믿을라요." 아버지에게 그렇게 당당하게 말하는 엄마도 처음 보았다. 엄마는 무당을 부르는 대신 죽은 오빠들의 이름을 불렀다. "윤아, 철아, 어째 이리 몸이 찌뿌둥한지 모르겠다아. 엄마 다리 낫게 해주고 묵지근한 몸 가볍게 해주라이." 마치 그들이 살아서 앞에 앉아 있기라도 한 듯 소리 내서 말했다. 칼로 자르는 것 같았던 통증이 지금은 사라진 것도 오빠들이 그렇게 해주었다고 믿었다.

엄마는 지팡이 없이 한 발자국도 걸을 수 없다. 눈도 침침해져버리고, 잘 걷지도 못하고, 잘 듣지도 못하면서 날마다 바닷가에 갔다. 그러면서 말로는 늘 니 걱정이지, 하고 말했다. 내 걱정이라고? 거짓말이다. 자나깨나 죽은 자식들 걱정이면서.

또 비가 내렸다. 열린 창문으로 비가 들이쳤지만 내버려두었다. 베란다 창문을 가린 블라인드가 바람에 딱딱거리는 소리를 냈다. 그 소리에 개가 낑낑거렸다. "이리 와봐." 개를 불렀다. 몇 번 더 부르자 마지못해 걸음을 떼던 녀석이 내 손이 닿을락말락한 거리에서 멈칫거렸다. 늘 그랬다. 녀석은 언제든지 도망갈 수 있도록 내 사정거리 밖에 서 있었다. 내가 손을 뻗는 순간 잽싸게 도망가거나 한 발 늦었다 싶으면 마룻바닥에 엎드려 죽은 척했다. 나도 그 옆에 누워서 죽은듯이 눈을 감았다.

빗줄기가 거세졌다. 블라인드가 바람에 펄럭거리며 요란한 소리를 냈다. 그 소리에 개가 컹컹 짖었다. 나는 벌떡 일어나 베란다로 갔다. 비바람에 펄럭거리는 치마를 움켜잡았다. 블라인드를 올리고 창밖을 내다보았다. 옥상 위 환기통이 미친듯이 돌고 있었다. 보이지 않는 바람의 손이 열심히 환기통을 돌리고 있었다. 왜 이렇게 바람이 많이 부는 거지? 아하, 비가 오려고 그러쿤! 아이의 말을 흉내 내보았다. 바람에 꽃잎이 휘날리고 나뭇가지가 바들바들 떨고 있는 풍경이 눈앞에 펼쳐졌다. 하필이면 그런 날을 잡았을까. 남자와 여자는 아이를 사이에 두고 벚꽃 길을 걷고 있었다. '벚꽃 축제'라고 쓰인 현수막이 바람에 펄럭거렸다. 왜 이렇게 바람이 많이 부는 거지? 아하, 비가 오려고 그러쿤! 언젠가 여자가 했던 말을 아이는 그대로 흉내 냈다. 아이가 여자를 흉내 내는 것을 남자는 좋아하지 않았다. 바람에 휘날리는 꽃잎을 잡으려고 아이가 이리저리 손을 뻗었다. 여자가 꽃잎 하나를 주워서 아이의 머리에 꽂아주었다. 나 예쁘지. 아이가 고사리 같은 손으로 입을 가리고 웃었다. 그 모습을 보고 남자도 따라 웃었다. 우리 식구 웃음소리는 아름다운 음악 같아. 여자의 말에 남자가 말했다. 세상에서 가장 아름다운 음악은 소리가 나지 않는 거야. 다시 들어도 멋진 말이었다. 음악이 소리가 나지 않다니. 여자는 아는 것이 많고 음악 선생인 남자가 자랑스러웠다.

분식집 앞 고등학교의 음악 교사였던 남자와 분식집에서 일했던 여자는 가끔 버스 정류장에서 마주쳤다. 여자가 먼저 내리기도 하고 남자가 먼저 내리기도 하고 같이 내리기도 했다. 플라타너스가 늘어서 있는 길을 앞서거니 뒤서거니 하며 걸었다. 남자는 가끔 조그만 소리로 콧노래를 부르며 걸었다. 그럴 때면 여자는 그 소리를 들으려고 남자 뒤에 바짝 붙어 걸었다. 여자는 플라타너스 나무 아래 벤치에 앉아 버스를 기다리곤 했다. 한번은 벤치에 앉아 있는 여자의 어깨 위에 남자의 손이 슬쩍 스치고 지나갔다. 어깨 위에 송충이가 떨어져 있었어요. 놀랄까 봐서요. 그 말을 듣고 여자는 그만 사랑에 빠져버렸나. 어느 비 오는 날, 여자는 남자를 무작정 따라가서 커피 한 잔만 사달라고 했다. 그때도 그 말을 들었다. 세상에서 가장 아름다운 음악은 소리가 나지 않는다고. 그래서 남자는 여자를 앞에 두고 말없이 커피만 홀짝이고 있었을까. 남자가 침묵해서 여자는 자기를 별로 좋아하지 않는 것 같다는 생각이 들었다. 그런데도 어찌된 일인지 여자는 계속 남자를 따라다녔고 몇 번인가 커피를 마셨고 그러다가 임신을 하게 되었다. 그때도 남자는 헤어질 생각을 했을까.

남자와 여자는 어렵게 결혼식을 올렸고 단칸방을 얻어서 살림을 차렸다. 방이 무척 좁았다. 부엌은 더욱 좁아 빨래를 할 때나 배추거리를 씻을 때는 주인집 마당 귀퉁이에 있는 수돗가로 가서 해야 했다. 여자는 수돗가에 갈 때면 비가 오지 않는데도 우산을 갖고 갔다. 빳빳하게 털을 세운 송충이가 여자의 머리나 어깨에 떨어질 것 같았다. 수돗가 옆 나무 아래 살진 송충이들이 꾸물꾸물 기어 다니는 것이 똑똑히 보였다. 무섬증이 많은 여자는 남자가 좋아하는 공포영화도 함께 보러 가지 못했다. 미스터리, 폭력물 비디오도, 텔레비전에서 주말마다 방영하는 드라마도 보지 못했다. 남자가 무서운 이야기를 하려고 하면 여자는 질색을 했다. 말하지 마. 무서워. 나 진짜 무섬증 많거든. 말하지 말라니까. 여자가 두 손으로 귀를 막으면 남자는 말하곤 했다. 거리감을 갖고 봐야지 거리감을. 바보 멍청아. 그러면 아이가 남자의 말을 흉내 내며 여자를 놀렸다. 바보 멍청이. 바보 멍청이. 무서운 게 많다는 것은 여자로서는 불편하고 억울한 일이었다.

그 때문에 여자는 시어머니의 눈 밖에도 나버렸다. 시어머니는 처음부터 여자를 맘에 들어 하지 않았다. 고등학교밖에 못 나오고 전라도 사람이라는 이유였다. 느그 전라도에서는 그렇게 가르치더냐? 느그 친정에서 뭘 배우고 왔노? 으잉! 무서운 시어머니는 늘 그렇게 야단치곤 했다. 그러니까 더 무서웠다. 제삿날이라 문중 어른들이 다 모여 있었다. 어른들은 모두 무서운 시어머니와 비슷하게 생겼다. 무서운 시어머니가 시퍼런 배추를 뽑아서 우물가에 던졌다. 배추를 다듬는 여자의 손에 무언가 물컹, 잡혔다. 시퍼렇고 통통한 배추벌레였다. 여자는 자신도 모르게 소리를 질렀다. 문중 어른들이 문을 열고 내다보고, 시어머니가 부리나케 달려왔다. 우물가에 배추들이 어지럽게 흩어져 있었다. 그제야 여자는 자신이 들고 있던 배추를 던지고, 우물가에서 뛰쳐나오면서 배추가 담긴 그릇을 발로 차버린 것을 알았다. 느그 전라도에서는 그렇게 가리치더냐? 느그 집에서 뭘 배우고 왔노, 으잉? 무서운 시어머니가 대번에 망신을 주었다. 문딩이 자슥아, 우이 저런 기하고 결혼했노, 으잉! 하며 주먹으로 가슴을 땅땅 쳤다. 여자는 남자가 와서 말려주기를 바랐다. 어른이 하시는 일에 자식이 감히 나서는 게 아니다. 남자의 지론이었다. 여자는 울려고 변소로 갔다. 한참을 울고 나오는 여자를 향해 무서운 시어머니가 아까보다 더 무서운 표정을 지었다. 문중 어른들이 으흠, 으흠, 기침을 하고는 문을 탁 닫아버렸다. 여자는 무서워서 밤에 혼자 시골 변소도 못 가고 캄캄한 시골길도 혼자 다니지 못했다. 아궁이에 불도 잘 못 피우고 농사도 지을 줄 몰랐다. 뭐, 저런 기 다 있노? 야가 좀 부족한 것 같다. 우야꼬? 무서운 시어머니가 혀를 끌끌 차며 고개를 흔들었다. 여자가 생각하기에 세상은 너무 불공평했다. 세상에는 아무렇지도 않게 배추벌

레를 발로 비벼 죽여버리는 사람이 있는가 하면, 배추벌레를 무
서워하는 사람도 살고 있었다. 어디 그것뿐인가……

　깜빡 정신을 놓고 있는 사이에 남자도 아이도 보이지 않았다.
여자는 생각 속에 빠져버린 자신을 탓하며 주위를 둘러보았다.
하늘이 칙칙하게 가라앉아 있었다. 남자와 아이가 저만치 가고
있는 게 보였다. 같이 가자, 고 여자가 몇 번이나 불렀지만 그들
은 듣지 못했다. 여자는 뛰어가서 겨우 그들과 합류했다. 나, 배
고파. 배고파 죽겠어. 아이가 허리를 굽히고 배를 움켜쥐었다.
아이가 좋아하는 햄버거 가게로 들어가 배를 채웠다. 아이는 빨
대로 콜라를 빨아먹으며 연신 창밖을 내다보았다. 바람에 나뭇
잎이 이리저리 흔들렸다. 왜 이렇게 바람이 많이 부는 거지? 아
이의 말에 여자가 대답했다. 아하, 비가 오려고 그러쿤! 여자가
일부러 아이의 억양을 따라 했지만 아무도 웃지 않았다. 세상에
서 가장 아름다운 음악은 소리가 나지 않는 거래. 남자의 말을
흉내 냈지만 아무도 반응하지 않았다. 드디어 비가 오네? 아이
의 말에 모두 창밖을 보았다. 비가 후드득 후드득 떨어졌다. 아
이가 손을 내밀어 비를 받았다. 손바닥에 묻은 빗방울을 혀로 핥
으며 맛있다고 쩝쩝거렸다. 그 모습이 귀여워서 여자가 웃었다.
먹으면 안 돼. 미세먼지가 얼마나 많은 줄 알아? 남자가 아이를
타일렀다. 그리고는 주머니에서 손수건을 꺼내 아이의 손바닥을
깨끗하게 닦아주었다. 비 오니까 집에 가자. 남자가 아이를 향해
팔을 벌렸다. 아이가 남자의 품에 안겼다. 여자가 일어서기도 전

에 그들은 벌써 등을 보이고 있었다.

"밥 먹었냐? 밥 든든히 먹어야 쓴다. 방은 뜨십냐?"
똑같은 말. 똑같은 걱정. 엄마가 전화했다. "나는 항상 니 걱
정이니께." 거짓말이다. 죽은 오빠들 걱정하고 있으면서. "니 생
각을 하면 니한테서 전화가 와야." 엄마가 말했다. "엄마가 전화
했어." "그랬냐? 생각하면 전화가 와야." 엄마의 목소리가 활기
를 띠었다. 그래, 내가 엄마한테 전화했다고 치자. "카랑카랑하
게 잘도 들려야." 엄마의 목소리가 카랑카랑해졌다. 죽은 오빠들
얘기하고 싶어서 전화한 것이다. "엄마는 이제 꿈 안 꿔?" 엄마
랑 할 말이 없어서 물어본 것뿐이었다. "나타나면 내가 가만 안
둘라 했더니만 요새는 안 나타난다야. 귀신이라도 양심은 있어
서 그런가." 그놈의 귀신들 이야기, 넌덜머리나게 들었다. 내가
아주아주 어렸을 때부터.
서간이 부부라고 했다. 아버지의 고향인 진도 사람들이었다.
대대로 찢어지게 가난했단다. 서간이 처는 엄마만 보면 좋아라
했다. 성님 뭐하시오. 부엌을 기웃거리면 엄마는 밥덩이를 집어
주곤 했다. 서간이 그 주정뱅이. 돈 쪼끔 생기면 술 다 먹어불고.
집에 돈 한태기 안 내놓고. 도와줄 사람은 없고. 즈그 어매, 아
베, 성, 성수, 다 죽고. 어떠케 여자는 만났던가이. 즈그 마누라
고생 픽도 하더니 애기 둘 낳고 죽고. 저도 술 먹고 농약 먹고 죽
어불고. 어쩌다가 꿈에 보이기 시작했던가, 나사 모르겠다. 즈그

새끼들 볼 때마다 남은 새끼들만 불쌍치, 해싸서 그랬든가. 한 번 꿈에 뵈더니 날이면 날마다 나타나야. 작은 놈 업고 옆구리에 걸망 차고. 성님, 우리 살 때 얼매나 이 좋았소이, 함시로야. 꿈을 꾸다 깨면 오만 사대가 아퍼야. 굿 좋아하는 느그 아부지가 무당한테 알아본께 작은 놈 키우라고 하드란다. 델꼬 와서 키웠재. 오만 해찰 다 하더니만 이태째 집을 나가부렀어야. 어찌나 걱정을 했겠냐이. 걱정을 하도 해싸서 그랬으까. 그것들이 꿈에 또 봬야. 즈그 애기 내노라고. 엇다 감췄냐고. 안 내노면 성님 자식들한티 해코지할 것이요, 그라고. 밥 해노라고 했다드라. 무당이.

천날 만날 밥 허쳐줬재. 그 집 못에 가서 허쳐주고, 물 흐르는 또랑에 허쳐주고, 또랑갓에 허쳐주고. 하다 하다 망단했재. 갯물, 민물 같이 든 물갓에서 돌 줏어다가 묏반침도 해줘도 보고. 물도 반, 산도 반 뵈는 깨끗한 물갓에서 물 질어와서 그 물로 밥해서 그럭마다 담아놔도 보고. 무당이 시킨 대로 오만 벨짓을 다했재. 목너메 잔등에서 대나무 쓱쓱 비어다가 말래 아래 쟁여두기도 해봤재. 귀신이 대나무를 무쏴한다고야. 너 가져서 배는 불러갖고 그 무건 것 집까지 질질 끌고 오다 보면 모시적삼이 종잇장같이 몸에 착 달라붙어야. 누가 볼까 밤에 목욕을 하재이. 한날은 어찌나 무섭든지. 캄캄한 데서 귀신이 나를 꼭 보고 있는 것만 같어야. 머리채를 덥석 거머쥘 것 같어. 인자는 길도 다니기 싫어져. 또랑갓에, 깨밭에, 뒷게 뱃머리에, 목너메 잔등에 사방사 데가 귀신들이 있는 것 같어야. 해거름만 되면 더 무쏴야.

멀쩡한 나무도 귀신 같고 빨래만 펄럭해도 그렇고야. 느그 아부지한테 진도에서 이사 가자고 졸랐재. 끄떡이나 했겄냐. 느그 할매 땜시 목포 왔재. 이라다가 하나배끼 없는 딸 죽이겄다고 끌고 올라오다시피 했재, 우리 어매가. 목포서 너 낳고 나서 차츰차츰 꿈자리가 소래지더라.

귀신 같은 이야기를 들을 때마다 나는 온몸에 소름이 끼쳤다.

뫼하데. 울 애기들 아플 때는 그것들이 꼭 나타나드만. 한번은 애기들이 오줌 못 누는 병에 걸렸을 때도 그것들이 꿈에 나타나서 하는 말이, 느그 애기도 내가 그란다, 이러더라고. 차라리 날 잡아가오, 하니께 어찌게 성님을 잡아간당가. 이 좋았는디, 해야. 이 좋아놓고 어째 나를 그라고도 괴롭힌가, 했더니 내가 자기들 욕을 너무나 한다고 하드라. 욕하지 말고 밥해노라고. 어떠케 욕이 안 나오겠냐. 내 자식들한테 해코지한다는디. 그만치만 하고 끝났어도 오매, 부처님 했재. 평생을 밥을 해노라면 하고말고 하고말고. 해놓고말고.

내 나이 열세 살 때, 아니 오빠들 나이 열여섯 살 때, 수영하러 간다고 나간 오빠들이 이틀째 집에 들어오지 않았다. 당연했다. 죽어버렸으니까. 가마니에 덮인 시신이 바닷가 모래사장 끄트머리에 있었다. 바위에 찍히고 모랫더미에 버무려진 형상은 차마 볼 수가 없었다. 엄마가 서간이 귀신들을 불러댔다. 내 자식들을 살려내라고 울부짖었다. 울다 지치면 잠이 들었다. 슬픔도 잠에는 이기지 못하는 거라고 어린 나는 생각했다. 잠들면 꿈을 꾸는지 잠꼬대를 하고 비명을 질렀다. 아버지는 무당을 불러들였다. 무당은 칼을 들고 소리를 지르며 펄쩍펄쩍 뛰었다. 들고 있던 칼을 마당에 꽂았다. 식기들을 내던졌다. 울긋불긋한 색색의 천들을 북북 찢어 엄마의 머리 위에 흔들어댔다. 화를 내며 밥상을 던지기도 했다. 맨발로 작두를 탔다. 나는 무섭다고 울었다. 니가 살아 있었구나. 엄마가 나를 돌아보았다. 이마에 동여맸던 하얀 무명천을 풀었다. 산 자식 보고 살아야지, 하고 자리에서 일어났다. 어디서 알아봤는데 민간요법이라며 칼을 갈았다. 잠잘 때 칼을 이불 아래 넣어두면 사나운 꿈자리가 순해진다고 했다. 시간이 지나자 사납던 꿈자리도 순해졌다. 그러자 엄마는 일부러 꿈을 청했다. 오빠들을 만나야 한다는 것이었다. 참말로 만나고 싶은 사람은 어째 안 뵈까. 좀 봤으면. 좀 만났으면. 꿈속에서라도.

푸닥거리. 방 안 가득 늘어져 있던. 알 수 없는 문양으로 오려진 하얀 창호지들. 이불을 갤 때마다 보이던 날 선 부엌칼. 이런 따위에 내 눈과 귀가 충격을 받았음이 분명했다. 무당이 밤새 굿하던 나날이었다. 굿을 구경하던 동네 사람도 다 가버린 시간, 나는 마루 귀퉁이에 누워 잠이 들었다. 꿈에 무당이 나타났다. 꿈속의 무당은 현실에서와 똑같이 말하고 웃고 화내고 칼을 던지고 작두를 탔다. 내 눈을 가만히 들여다보더니 비아냥거렸다. 눈에 잡귀가 가득하구만. 무당이 나를 향해 칼을 던졌다. 칼이 나를 향해 날아오면서 꿈을 깼다. 눈을 뜨고 있어도 무섭고 눈을 감으면 더 무서웠다. 바다도 꼴 보기 싫었다.

"귀신이 어디 있겠냐. 다 내 마음이 만들어낸 헛것이었재. 귀신 없어야." 그러면서도 엄마는 그만큼 귀신한테 시달렸는데도 미치지 않은 것은 죽은 자식들이 지켜줘서라고 했다. 궂은날이면 자기도 모르게 바닷가에 우두커니 서 있었던 게 생각났는지, "바다에 풍덩 미끌어불지 않고서이" 하고 흡족해했다. 거시기이, 하며 다음 말을 이으려는 엄마의 말허리를 얼른 자르고 나는 가스레인지에 올려둔 게 타는 것 같다고 전화를 끊었다. "거시기는 귀신도 몰라." 크게 한번 소리를 내서 말해보았다.

물이 펄펄 끓고 있었다. 유리라서 속이 그대로 들여다보였다. 속이 환히 보이는 걸 일부러 샀다. 귀신 같은 생각을 하다가 태워먹은 커피포트가 몇 갠가. 가스레인지를 껐다. 꽃처럼 피어오르던 불꽃이 사라졌다. 파란 꽃 붉은 이파리. 아이가 그런 꽃을 그려왔다. 남자가 왜 그런 걸 그렸냐고 버럭 화를 냈다. 엄마가 예쁘다고 했어. 아이가 훌쩍거렸다. 남자는 그때부터 헤어질 생각을 했을까. 도대체 애가 뭘 배우겠어. 다들 제정신이 아니잖아. 좋은 것 좀 물려줄 것이지 그것도 유산이라고. 자식들 죽은 지가 언젠데 지금도 그러고 있어. 남자가 엄마를 원망했다.

기역. 니은. 디귿. 리을. 미음. 비읍. 시옷. 이응. 가. 나. 다. 라. 마. 바. 사. 아. 자. 차. 카. 타. 파. 하. 아. 야. 오. 요. 우. 이……

낭랑하게 퍼지는 아이의 목소리. 아직도 이걸 외우고 있다니.

구구단을 다 외워도 모자랄 판국에. 남자가 한숨을 내쉬었다. 이제 겨우 다섯 살밖에 안 됐는데 이 정도하면 잘하는 거지. 여자의 말을 묵살하고 남자가 언성을 높였다. 도대체 애 교육을 어떻게 시키는 거냐고. 남자가 화를 내면 여자는 어깨 위에 떨어진 송충이를 몰래 훔쳐주던 남자를 떠올렸다. 그러면 텅 빈 가슴이 메워지는 것 같았다. 다시! 다시! 남자가 피아노 건반 위에 놓인 아이의 손을 찰싹찰싹 때렸다. 아이가 훌쩍훌쩍 울었다. 뚝 그쳐! 남자가 신경질을 냈다. 때리지 말고 말로 하라고 여자가 말했다. 아무것도 모르면 가만히 있어! 남자가 고함을 질렀다. 여자는 송충이를 털어주던 때의 남자를 떠올렸지만 가슴은 어느새 텅 비어 있었다. 여자가 꿈을 꾸면 깨워주고 내가 지켜줄게 편안하게 자, 하고 등을 토닥여주던 다정함도 사라지고 없었다. 여자가 무섭다고 일부러 켜둔 스탠드마저 꺼버린 지 오래였다.

"제발 죽은듯이 잘 수 없어? 잠꼬대를 하려면 알아듣게나 하던가. 네가 잠자면서 내지르는 소리 때문에 내가 더 무서워. 네 옆에서 도저히 잘 수가 없어." 남자의 말이 여자를 가위눌리게 했는지도 몰랐다. 또 꿈꾸면 어쩌지? 여자는 잠들지 않으려고 커피를 마셨다. 남자는 여자에게 병원에 가보라고 했다. 꿈은 누구나 꾼다는 여자의 말에 남자가 반박했다. 그것도 정도 문제지. 넌 정신병이야. 남자는 병원에 가지 않는 여자를 원망했다. 이런 환경 속에 아이를 방치할 수 없어. 그 엄마에 그 딸이겠지. 피는 못 속인다고. 남자가 그 말을 했을 때 여자는 엄마 이야기를 했던 것을 후회했다.

헤어지자고. 남자는 여자를 향해 벼르고 벼르던 말을 해버렸다. 아이의 교육상 불가피하다고. 여자가 꿈쩍도 하지 않자 무서운 시어머니가 올라와 남자와 똑같은 말을 퍼부었다. 당장 갈라서라고. 그동안 내 새끼들이 얼마나 고생했겠노? 아이고 가슴이야, 하며 가슴을 탕탕 두들겼다. 그러고는 한시도 같이 못 있겠다며 가방을 챙겨들었다. 말릴 사이도 없이 집을 나간 시어머니는 경상도로 내려가는 길에 교통사고로 죽었다. 여자는 졸지에 시어미 잡아먹은 년이 되어버렸다. 이혼은 당연했다.

아이를 기다리다 지친 개는 하루 종일 대문 앞에서 징징거렸다. 오지 않는 그들을 기다리다가 화가 났는지 집 안 곳곳에 오줌똥을 싸댔다. 나도 화가 나서 개를 밀쳐버렸다. 개는 옆으로 픽 쓰러지더니 사지를 축 늘어뜨렸다. 아아 하고 입이 크게 벌어지더니 서서히 닫히다가 그대로 경직되었다. 꽉 닫히지 않은 입 모양이 무서웠다. 수건으로 개의 몸을 가리고 집을 뛰쳐나왔다. 아버지에게 전화해서 개가 죽었으니 치워달라고 했다. 아버지는 정말 늦게 왔다. 개를 땅에 묻으려고 호미를 찾느라고 늦었다는 거다. 나는 무서워서 못 들어가고 아버지 혼자 집에 들어갔다. 살았네, 하는 소리에 나도 뛰어들어갔다. 녀석이 꿈틀대며 일어서더니 제 집을 찾아 비칠비칠 걸어 들어갔다. 잠시 기절했던 것이다. 명이 고래 힘줄만큼 질길 거라고 녀석에게 말했던 아버지는 지난겨울, 잠자다가 갑자기 돌아가셨다. 복도 많은 양반이라고 엄마는 초상날 울지도 않았다. 초상을 치르자마자 엄마는 목포로 다시 이사 갔다. 바다가 보기 싫다고 내가 있는 서울로 이사 왔다가 바다를 못 잊어 다시 내려간 것이다. 아예 바다 근처에 집을 샀다. "진작에 여그로 올 것을, 니 오래비들이 여그 있는 것을." 그런 말을 하면서 엄마는 한정 없이 시간을 되감고 있었다. 그들과 함께했던 시간들이 닳아 없어질 때까지 감고 감고 또 감는 것만이 엄마의 할 일이라는 듯이.

"밥 먹었냐? 안즉 안 먹었으면 어여 먹어라이." 언제나 똑같은 말. 똑같은 걱정. 엄마가 또 전화했다. "거기도 비가 많이 오냐. 걱정이 돼서 전화했다." 거짓말이다. 죽은 오빠들이랑 통화하고 싶어서 나에게 전화한 것이다. 비가 오면 미친듯이 엄마를 찾으러 다녔다. 물귀신마냥 흠뻑 젖어 엄마를 찾아다녔다. 얼른 시장에, 잠깐 가게에 다녀온다던 엄마는 해가 져도 오지 않았다. 엄마는 바닷가에 오뚝하니 서 있거나 처마 아래 쪼그리고 앉아있었다. 어쩌다가 빗물을 뚝뚝 흘리며 집에 들어서기도 했다.

"뭔 밥을 그리도 많이 하는지 바닷가에 큰 솥단지 걸어놓고 화덕불이 펄펄 타오르고, 그런 것이 갑자기 보여야. 아이고, 내 새끼 배고프것다. 얼렁 집에 가서 밥해줘야제. 그리고 걸음을 재촉했재이. 우리 동네 간판이 다 보임시로도 우리 집 가는 대목이 안 보여야. 누가 신작로를 들어내분 것맹키로. 선창 쪽으로만 자꼬 발길이 가져야. 꼭 누가 끌고 다니대끼야. 어디만치서 카만히 앉아서 생각을 해봐. 울 애기들이 나를 끌고 다니는가. 서강이 귀신이 나를 끌고 다니는가. 그란데 물에다가 나를 안 미끌었어. 그란께 맞다. 울 애기들이다. 내 새끼들이여. 그라고 한참 혼잣말을 하다 보면 집에 가는 길이 보여야." 그런 귀신 같은 이야기를 엄마는 아무렇지도 않게 했다. "죽은 자식 산에 안 묻고 가슴에 묻는다더니." 엄마가 했던 말이다. 아주 쾅쾅 박혀버린 것이다. 못이 되어 엄마 가슴속에 박혀버린 것이다. 빼봐. 어디 한번 빼봐, 하고 오빠들은 도도하게 엄마 안에서 군림했던 것이다. 그래 봤자 모두 옛날 꼰날 이야기다. 이제 엄마는 비가 와도 길을 잃지 않는다. 비가 와도 바람이 불어도 끄떡없다. 죽어버렸으니까.

엄마는 죽을 때까지 가슴에 박힌 못을 빼내지 못했다. 그런데도 편안하게 보였다. 엄마의 가슴을 가득 채우고 있는 것이 못이 아니라 빛일까 싶도록 온화한 얼굴. 바닷가로 이사한 후, 꿈도 없이 잘 잤다고 했다. 바닷가를 산책하며 오빠들을 만나서라고 했다. "이렇게 붙들고 있으면 자식들도 좋은 데 못 갈 텐디." 죽으려고 그런 말을 했던 모양이다. 사람이 죽을 때가 되면 안 하던 말을 한다지 않던가. 나는 왜 엄마의 가슴속에는 오빠들만 있다고 생각했을까. 다른 집 딸들은 엄마를 졸졸 따라다니면서 이야기를 한다는디…… 그러니까 이 카세트테이프에다가 엄마가 하고 싶은 말 다 녹음하라니까. 그러면 내가 나중에 와서 듣겠다고…… 나는 잊고 있던 엄마의 카세트테이프를 틀었다. "윤아

철아, 어젯밤에도 잘 잤냐. 보고 싶다이……" 엄마의 목소리가 흘러나왔다. "우리 딸은 밥은 먹었는가 모르겠네이. 전화해봐야 쓰겄다……"

아이는 밥을 먹었을까. 배는 고프지 않을까. 배고파. 배고파 죽겠어. 허리를 굽히고 배를 움켜잡던 아이의 모습이 떠올랐다. 나의 그들과 함께 살 때는 나도 팔이 아프도록 장을 봤다. 배고픈 아이와 남자는 기다리고 있다가 장바구니를 받아주었다. 뭐 맛있는 거 사 왔어? 오늘 반찬은 뭐야? 맛있는 거 해줘. 비가 오니까 파전을 부칠까. 노릇노릇하게 구워서 통째로 접시에 올려야지. 간장에 식초를 한두 방울 떨어뜨리고 실파를 송송 썰어 넣고 참깨를 살짝 뿌려 양념장을 만들어야지. 아직 멀었어? 적당히 먹자고. 배고픈 그들이 밥을 먹었다.

아직도 비가 내렸다. 나는 밖으로 나갔다. 발길이 닿는 대로 이리저리 걸어 다녔다. 정신 나간 사람처럼 비를 맞으니 시원했다. 비만 오면 넌 미친 것 같아. 정신 나간 사람처럼 쏘다니잖아. 전화도 안 받고 애도 안 보고 밥도 안 주고 그게 제정신이야? 너네 엄마 닮아서 너도 미친 거야? 진짜 미친 거야? 정신병원 가보라고 내가 말했잖아! 남자가 했던 말이 귓속을 울렸다. 나는 잠시 걸음을 멈추고 엄마처럼 가만히 서서 혼잣말을 해보았다. 나도 그런 상처를 가진 엄마가 싫었지만 엄마가 아프니까 안고 갔겠지. 나도 말은 안 했지만 형제를 잃은 슬픔이 있을 테고 거기에 대한 상처가 있겠지. 내가 아프니까 엄마가 싫었을 테고 남자 또

한 그랬을 테지. 남자도 아팠겠지만 자기 자식한테는 그런 영향을 끼치게 할 수 없어서 헤어진 거지. 나는 고개를 끄덕거렸다.

헤어지자고. 나는 남자의 말투를 흉내 내며 걸었다. 남자한테 왜 말하지 못했을까. 우리 엄마는 미치지 않았다고. 가슴속에 못이 박혔을 뿐이라고. 아주 쾅쾅 박혔을 뿐이라고. 이런저런 생각을 하며 걷다 보니 분식집 앞이었다. 분식집에 들어가서 일자리를 구할까. 주인 여자가 나를 보면 뭐라고 할까. 혹시 남자와 마주치지 않을까. 그러면 무슨 이야기를 할까. 그런 미친 생각을 하면서 분식집을 지나치고 고등학교를 지나치고 플라타너스 길을 걸어 버스 정류장에 와 있었다. 버스 정류장은 사람들로 붐볐다. 우산을 든 여자가 누군가를 배웅하고 있었다. 버스에 오른 누군가를 향해 끝없이 손을 흔들었다. 나도 버스를 향해 손을 흔들었다. 이윽고 버스가 떠났다. 나는 돌아서서 걸었다. 집으로 가는 길이 보였다.

소주

술을 마셨다. 죽어버리려고 학교 옥상에 올라갔던 날, 처음 보는 애들 서너 명이 둘러앉아 술을 마시고 있었다. 그들이 나에게 술을 주었고, 나는 주는 대로 받아 마셨다. 절름발이인 나를 상대해준 애들이 고마워서 마셨다. 내 생애 최초로 술을 마셨고 나에게도 친구가 생긴 순간이었다. 술을 마셨더니 떨어져 죽기에 딱 좋아 보였던 학교 옥상이 전망대처럼 보였고 절뚝거리며 걷는 내 왼쪽 다리도 그런대로 괜찮게 보였다. 알 수 없는 감정들이 뒤죽박죽 섞이다가 마침내 뭔가 페이소스 같은 걸 느꼈다고나 할까. 그 뒤 계속 술을 마셨다.

한번은 친구들과 바닷가에 놀러갔다. 친구들은 모래사장에 텐트를 치고 있었고 나는 술 먹고 잠들어버렸다. 깨어보니 친구들이 다 가고 없었다. 모래밭에 술병을 묻어놓고 갔다. 술을 먹고 택시를 타고 가다가 차 안에다 오바이트를 해버렸다. 운전수가 나를 끌어내서 길바닥에 패대기쳤고, 나는 길 위에서 잠들었나 보다. 비몽사몽 집에 갔더니 엄마가 집 앞 계단에 앉아 있었다. 엄마, 왜 나와 계세요? 엄마에게 물었다. 네가 어젯밤에 택세비가 없다고 나와서 기다리라고 했잖냐, 하고 엄마가 대답했다. 엄마의 눈에서 눈물이 찔끔찔끔 흘러내렸다. 엄마를 집으로 들여보내고 슈퍼에 가서 술을 마셨다. 엄마가 울어서 괴로워서 마셨다.

작년 봄, 나는 태어나서 처음으로 어버이날 꽃을 사러 나갔다. 꽃집을 찾았지만 보이지 않았다. 걸어도 걸어도 꽃 파는 가게가 없었다. 이러다가 꽃을 못 사면 어쩌지, 조급증이 났다. 여기저기 돌아다녀서 다리도 아팠다. 슈퍼에 들어가서 소주 한 병을 마셨다. 그다음은 나도 모른다. 집에서 나올 때 깨끗하게 갈아입고 나온 옷이 흙투성이가 되어 있었다. 집에 가야 하는데, 하면서 술을 먹었고 집에 가야 하는데, 하면서 잠들었다. 엄마가 기다릴 텐데, 내가 오기를 목 빠지게 기다릴 텐데. 기다리지 말고 자라고 해도 기어이 나와서 기다릴 텐데. 거지꼴을 하고 집에 갔더니 엄마가 놀라 입을 다물지 못했다. 나는 엄마에게 해명했다. 술을 먹고 거리에서 잠들어버렸다고. 그러자 엄마가 말했다. 너는 이제 그만 죽어버려라. 죽더라도 지하철역에서 죽어라. 그러면 사람들이 신고는 해줄 테니까. 다른 데서 죽지 말고 꼭 지하철역에서 죽어라. 그 말을 듣고 서러워서 술을 먹었다.


언제부턴가 엄마가 한푼도 주지 않았다. 술을 끊고 공장에라도 가서 일을 하라고. 제발 일을 하라고. 집 앞 슈퍼 주인도 더 이상 나에게 외상으로 술을 주지 않았다. 내가 먹은 술값을 갚지 않아서 슈퍼 주인과 엄마가 대판 싸웠다. 엄마는 외상술을 주지 말라고 신신당부했다며 돈을 갚지 않았다. 슈퍼 주인이 나를 원수 보듯 했다. 나는 엄마가 일하는 공원으로 찾아갔다. 엄마는 공원에 떨어진 낙엽을 쓸고 있었다. 낙엽은 쓸어도 쓸어도 다시 떨어지고 있었다. 내가 천 원만 달라고 좋게 말하면 엄마는 주지 않았다. 엄마 창피하게 사람들이 다 듣게 크게 말할 거야, 라고 하면 엄마가 천 원을 꺼내 내 얼굴에 던져버렸다. 바람에 날아가는 돈을 겨우 주우면 내 자신이 비참해졌다. 오늘만 먹고 내일부터 공장에 나가서 돈을 벌겠다고 몇 번이나 다짐했는지 모른다.

슈퍼에서 술을 사서 집으로 가다가 한 모금 마셨다. 한꺼번에 다 먹으면 길바닥에서 잠들 것 같아서 한 모금만 먹고 집으로 향했다. 한 방울이라도 흘릴까 봐 병뚜껑을 꼭 닫고 품에 안고 갔다. 먹고 싶어도 안 먹고 참고 가다가 집 앞 계단 위에서 또 한 모금 먹었다. 그리고 방에 들어와서 나머지를 먹으려니까 술이 없는 거다. 그새 다 먹어버린 거다. 그래서 또 엄마한테 갔다.

한동안 그렇게 술을 먹었다. 그즈음 엄마가 배가 아프다고 했다. 약국에서 약을 사 먹었는데도 낫지 않는다고 했다. 그러면 병원에 갈 것이지 왜 자꾸 나한테 말하는 거지. 나는 술을 먹고 나서 졸려 죽겠는데 말이다. 내가 잠든 사이에 병원에 다녀온 엄마가 말했다. 의사가 엄마한테 암 말기라고 했다고. 그 말을 들고 정말 슬펐다. 엄마는 나 때문에 스트레스 받아서 암에 걸린 거야. 자책하며 술을 마셨다. 그때 술 먹을 돈이 어디서 생겼을까. 병원에 입원한 엄마한테 찾아가서 술값을 뜯어냈을까. 아픈 내 다리는 술 먹을 핑계를 대기에 안성맞춤이었다. 왜 날 이렇게 낳았어, 내가 이렇게 태어나고 싶어서 태어났어? 발악을 할 대상도 이제는 없다. 엄마는 내가 잠든 사이에 돌아가셨겠지. 냉동실에 보관된 엄마의 차디찬 얼굴을 만지면서 나는 어린애처럼 엉엉 울었다. 겉으로는 울면서 속으로는 이제 내 술값은 누가 주는 거야, 하고 걱정했다.

술 사먹을 돈이 없어서 집 안에 있는 물건들을 팔기 시작했다. 냉장고, 티브이, 세탁기, 전자레인지 등 죄다 팔아먹었다. 이거 저거 다 팔아먹다 보니 더 이상 팔 수 있는 게 없었다. 장롱 밑을 뒤졌다. 싱크대 아래도 뒤졌다. 400원이 나왔다. 고민하다가 프라이팬을 들고 고물상을 찾아갔다. 버스비가 없어서 4킬로를 걸어갔다. 고물상에서 800원을 줬다. 버스비라도 좀 보태달라고 했더니 500원만 주려다가 꼬락서니가 불쌍해서 300원 더 줬다고 했다. 내가 봐도 맨발에 슬리퍼를 끌고 프라이팬을 들고 절뚝이며 걸어온 내 꼬락서니가 또라이 같았다. 다시 4킬로를 걸었다. 학교 옥상에 올라가 술을 먹었다. 술만 처먹는 또라이 같은 새끼. 친구들이 했던 말이 들리는 것 같았다. 너는 이제 그만 죽어버려라, 하는 소리도 들리는 것 같았다. 기왕 죽을 바에 폼 나게 죽자고 바닷가에 있는 자살바위를 찾아갔다. 바람이 불어서 파도가 엄청나게 쳤다. 파도가 바위를 덮치자 얼른 피해버렸다. 그래도 그때까지는 굳은 결심을 하고 바위 위에 서 있었다. 그런데 뒤를 돌아보는 순간 망했다. 어떻게 올라왔나 싶은 게 다리에 힘이 쫙 빠져버렸다. 네 발로 기어서 내려가는데 온몸이 후들후들 떨렸다.

술을 끊기 위해 수행을 하기로 결심했다. 한동안 술을 끊고 열심히 수행했다. 하루도 빠지지 않고 새벽예불에도 나갔다. 그러다가 주지 스님이 출타하고 없을 때 곡차를 마시고 공양주 보살을 덮쳤다. 그런데 공양주 보살이 주지 스님에게 이 사실을 알린 거다. 나는 공양주 보살에게 덮어씌웠다. 난 가만히 있었는데 공양주 보살이 꼬리를 친 거라고 했다. 이렇게 불신이 깊은 곳에서는 수행을 할 수 없다며 보따리를 싸서 내려왔다. 신도들이 헌금한 돈을 훔쳐 제주도로 가서 바다가 보이는 전망 좋은 민박집에 묵으면서 술을 마셨다. 내가 너 낳고도 미역국 먹은 죄다. 엄마의 목소리가 파도에 실려 왔다가 부서지곤 했다. 그 말씀을 안주 삼아 술을 먹었다.

돈도 떨어지고 술도 떨어졌다. 지하철역에서 죽을까도 생각해봤다. 그러기 전에 공장에 가보기로 했다. 라면 수프 만드는 공장이었다. 커다란 통에 라면 수프를 담고 스위치를 누르면 수프 봉지가 똑 똑 잘려 나오는 기계 앞에서 하루 종일 일했다. 조미료가 입안 가득 담겨 있는 느낌이었다. 그 느낌을 술로 씻곤 했다. 술병을 몰래 가지고 들어와 화장실에서 먹다가 작업반장한테 걸렸다. 술 먹은 다음날 결근해서 쫓겨날 뻔했던 적도 있었다. 직원들이 나를 슬슬 피해 다녔다. 난 왜 엄마가 죽었는데도 정신을 차리지 못할까. 난 왜 이럴까. 왜 이럴까. 나는 죽지도 못한 채 살고 있었다. 그러던 어느 날 공장으로 가는 버스 안에서 또라이를 보았다. 사람들이 출근하는 아침부터 천변 둑길에 걸터앉아 술을 먹고 있었다. 덥수룩한 머리, 더러운 얼굴, 새까맣게 때가 낀 손으로 멸치를 고추장에 듬뿍 찍어 먹고 있는 모습을 볼 때마다 죽여버리고 싶었다. 사람들이 그를 가리켜 빈집에 사는 또라이, 라고 했다. 꼭 내 안에서 튀어나온 또라이 새끼 같았다.

공장에서 회식이 있던 날 문득 또라이가 생각났다. 술과 닭을 싸 들고 또라이에게 갔다. 놈은 갑천 위 빈집에 살고 있었다. 불도저로 한 번만 찍어 누르면 뭉개져버릴 것 같은 다 쓰러져가는 슬레이트집이었다. 빈집의 문을 발로 차고 들어갔다. 더러워서 신발도 벗지 않고 들어갔다. 놈은 자기만의 요새를 구축하고 있었다. 아랫목에 이불이 깔려 있고 이불 위에 둥그런 상이 놓여 있었다. 상 위에는 술병, 멸치, 고추장, 라면 부스러기, 찌그러진 냄비, 버너, 숟가락이 놓여 있었다. 그 옆에 오줌이 가득 든 깡통이 지린내를 풍기고 있었다. 놈은 더러운 이불 위에 삐딱하게 앉아 그보다 더 더러운 벽에 기댄 채 눈을 감고 있었다. 무슨 생각을 하는지 내가 들어온 것도 모르고 있었다.

술과 닭을 놈에게 던졌다. 놈은 술을 먹고 닭다리를 뜯으며 지껄이기 시작했다. 자기가 왕년에는 성실하고 부지런한 사람이었

62

다고, 돈이 많았는데 사기를 당했다고, 부모님이 물려준 유산을 누나와 형이 짜고서 자기 돈을 다 뺏어갔다고 두서없이 떠들면서 킬킬대고 있었다. 그게 웃을 일인가. 나는 웃고 있는 놈의 입을 찢어버리고 싶었다. 내가 가려고 하자 놈이 내 옷깃을 붙잡았다.

"또 올 거지."

놈이 흐리멍덩한 눈으로 나를 쳐다보았다. 나는 놈의 옆구리를 발로 차버렸다. 놈은 외마디 비명을 지르며 허리를 감싸 안고 몸을 둥글게 말아 몇 번 구르더니 나에게 물었다. 아니 묻는다기보다는 혀 꼬부라진 소리로 끊임없이 지껄이고 있었다. 너 몇 살이냐, 스무 살이냐 서른 살이냐, 정체를 밝혀라. 나는 내 나이를 밝히고 싶지도 않았고 요 앞 라면 공장에 다닌다고 말할 필요도 없었다. 다시는 안 볼 거니까. 대답 대신 놈의 등짝을 몇 번 더 차주고 그곳을 나왔다. 그래도 놈은 나를 좋아했다. 나를 기다렸다. 내가 술을 주니까.

놈은 술을 준다면 어디든지 따라왔다. 갑천으로 오라면 왔고 뒷산에 있는 무덤가로 오라면 왔다. 하수처리장 담장으로 오라면 왔고 담장 뒤 나무다리로 오라면 왔다. 놈은 술에 취해 자기가 왕년에 부자였고 똑똑하고 잘났다는 말을 지껄이고, 나는 놈을 죽도록 패줬다. 그러면 놈은 대들곤 했다.

"왜 때리는 거야. 내가 뭘 잘못했다고."

그러면서 훌쩍거렸다. 그런 놈을 쳐다보기도 싫었다. 그러면서도 나는 놈에게 가고 있었다. 빈집 앞에 서서 술병끼리 부딪치는 소리를 냈다. 그 소리를 내면 벌써 알고 뛰어나오던 놈이 기척이 없었다. 방 안은 비어 있었다. 지난번에 만났을 때도 놈을 죽도록 팼었다. 그때 죽어버린 게 아닌가 싶었다. 그날도 회식이 있었다. 나는 그 자리를 피해 놈에게 갔다. 놈은 개처럼 귀를 쫑긋거리며 문밖에 나와 있었다.

"내가 비밀 하나 말해줄 테니까 너만 알고 있어. 뭐냐 하면."

놈이 술을 먹으며 지껄였다.

"이건 정말 나만 알고 있는 비밀인데."

놈이 말할 듯 말 듯 지랄을 떨었다. 그러면 내가 궁금해할 줄 알고. 나는 깝죽대는 놈을 걷어찼다. 놈은 저만치 굴러가다 벽에 처박혔다. 나는 일어나려고 꿈틀거리는 놈의 등을 발로 눌렀다. 놈이 발밑에서 캑캑거렸다.

"그깟 술 한 병 주고 이렇게 패는 거냐. 더러워서 안 먹어."

그래놓고 병나발을 불었다.

"이것만 먹고 안 먹을 거야. 내가 거진 줄 알아."

그러면서 술을 처먹고 있었다. 내가 가려고 하자 놈은 또 내 바짓가랑이를 붙들고 늘어졌다.

"또 올 거지. 기다릴 거야."

징징대는 놈의 등짝을 지근지근 밟아주고 왔다.

한번은 장마가 졌는데 놈이 한 달 동안이나 보이지 않았다. 술 먹다가 홍수에 휩쓸려 죽은 건 아닌가. 산에 가서 팼을 때 죽어버렸나. 온갖 생각이 들었지만 결국 놈은 다시 나타났다. 지금도 어딘가에 처박혀 술 먹고 있겠지.

천변을 뒤졌다. 산책로에는 자전거 타는 사람들이 한둘 지나갈 뿐 놈은 보이지 않았다. 사람들이 없는 틈을 타고 오리들이 산책로 가까이 몰려와 자맥질을 하고 있었다. 하류로 갈수록 악취가 풍겨왔다. 하수처리장에서 쏟아져 나온 누런 물이 갑천의 물줄기와 섞여 흘러가고 있었다. 나도 어디라도 들어가서 내 안에 있는 오염 물질을 걸러내고 새롭게 태어났으면 좋겠다. 그러면 화가 나지 않고 평온하게 살 수 있을까. 물줄기가 닿지 않은 하천 바닥은 바짝 말라 있었다. 모래와 흙더미와 지푸라기와 죽은 풀들이 하천 바닥에 쓰러져 있었다. 군데군데 홍수에 파인 자국에 웅덩이가 생기고 썩은 물이 고여 있었다. 하천은 가물어서 바닥을 드러내고 나는 술을 안 먹어서 내 안에 있는 또라이가 보이는 건가. 그러고 보니 한동안 술을 먹지 않았다. 또라이를 본 순간 술맛이 싹 달아나버렸다고나 할까. 어디서 밀려온 오물이 천변에 둥둥 떠다니고 있었다. 썩은 미역 같은 게 내가 예전에 술 먹고 토한 것처럼 역겨웠다. 엄마는 내가 술 먹고 온 날이면 미역국을 끓여주곤 했다. 속을 달래기에 미역국만 한 게 없다며 억지로 먹이곤 했다. 나는 다시 토하곤 했지만 엄마는 그래도 먹는 게 좋다고 했다. 내가 너 낳고 미역국 먹은 죄다, 하고 말할 때는 언제고.

하수처리장을 지나 무덤가를 뒤진 다음 빈집으로 갔다. 놈은 더러운 이불 위에 앉아 눈을 감고 있었다. 명상을 하고 있다고 했다. 망상을 하는 거겠지. 나는 놈의 가슴팍을 찼다. 놈이 소리 없이 넘어졌다. 히히히…… 놈은 뭐가 그렇게 우스운지 배를 잡고 키득거렸다. 나는 놈을 힘껏 찼다. 놈이 픽 쓰러졌다.

"어디 한번 세게 때려봐."

놈이 턱을 내밀었다. 나는 턱을 향해 강타를 날렸다. 놈이 다시 얼굴을 내밀었다.

"화가 풀릴 때까지 쳐봐."

나는 놈의 얼굴을 때리고 가슴과 팔다리를 마구 짓밟았다.

"그것밖에 못 때려? 더 세게 때리라고, 병신아."

놈이 내 아픈 다리에 찰싹 붙어 떨어지지 않았다. 나는 놈을 떼어내 늘씬하게 뻗을 때까지 밟아버렸다.

"죽어버릴 거야. 죽어버릴 거야."

놈이 거친 숨을 몰아쉬었다.

"술 한 병만 줘."

놈이 누런 이를 드러내고 히죽히죽 웃었다.

"오줌 마려."

바지춤을 까고 더러운 이불에 오줌을 누었다.

"덮고 자."

오줌에 젖은 축축한 이불을 놈에게 던졌다. 놈이 꿈틀꿈틀 기어서 이불 속으로 들어가더니 이내 코를 골았다. 잠든 놈의 얼굴을 쳐다보았다. 퉁퉁 부어오른 눈두덩이며 이마, 입술이 터져서 피가 흐르고 있었다. 다 니가 자초한 일이야. 나는 놈의 등짝을 한 번 더 밟아주고 창호지 문을 북북 찢어버렸다. 추워서 얼어 죽어버리라고. 놈을 얼마나 팼는지 내 손도 퉁퉁 붓고 찢어져 있었다.

이불이 엄청나게 무거운 밤이다. 잠이 오지 않아 이리저리 뒤척이는 밤이다. 아무리 자려 해도 눈이 감기지 않는 밤이다. 눈을 뜨고 천장만 말똥말똥 쳐다본다. 아프단 말야. 놈의 목소리가 들리는 듯하다.

불쌍한 새끼.

병신 같은 새끼.

또라이 같은 새끼.

왜 갑자기 나타나서 날 괴롭히는 거야.

그러다가 잠이 들었나. 놈과 내가 천변을 걷고 있다. 모래주머니를 달고 걷는 것처럼 발이 무겁다. 바람이 심하게 불어서 한 발짝도 못 뗀다. 내가 밀어줄게. 놈이 두 손으로 내 등을 민다. 밀지 말라고 해도 내 말을 듣지 않는다. 나는 금방이라도 강물 속으로 빠질 것 같다. 장면이 바뀌고 나는 빈집에 있다. 놈을 때리고 있다. 놈이 큰대자로 뻗는다. 죽었나. 건드려본다. 놈이 코를 곤다. 일부러 자는 척하는 걸까. 내가 등을 돌려 나가는 순간 뒤에서 나를 내리치지 않을까. 어느새 놈은 화장실에 가 있다. 화장실에 들어간 놈이 한참이 지나도 나오지 않는다. 스스로를 비관해서 목을 졸라 죽으려는 건 아닐까. 나는 화장실 문을 발로 찬다. 안에서는 아무 소리도 나지 않는다. 다시 화장실 문을 세게 찬다. 문짝이 뜯기며 열린다. 화장실 안에는 아무도 없다. 놈이 사라졌다. 이런 걸 꿈이라고 꾸고 나서 식은땀을 흘린다.

또라이는 죽지 않는다. 술을 먹고 죽은 체하다가 깨어나는 것이다. 그리고 또다시 술을 먹고 죽은 체한다. 또라이는 죽지도 않고 술만 처먹는다. 나는 화가 난다. 다시는 또라이한테 가지 않겠다고 맹세해놓고 또 가서 화를 낸다. 그러고는 후유증을 앓는다. 라면 수프 담는 자루가 구멍이 났는지도 모르고 수프를 담다가 새는 바람에 모가지가 잘릴 뻔했고 또라이를 생각하다가 기계에 손가락이 잘릴 뻔도 했다. 모가지가 잘리든 손가락이 잘리든 나는 다시 또라이한테 간다. 또라이가 나를 기다릴 것 같다. 눈알이 빠지게 내가 오기를 기다릴 것 같다. 또라이가 살아 있는 한 이 악몽은 계속될 것이다. 둘 중 하나가 사라져야 한다. 누가. 또라이가. 어디로. 갑천으로.


갑천이 그렇게 위험한가. 빠져보지 않았으니까 모른다. 갑천 호수 공원, 이라는 팻말이 보인다. 천변에 밧줄로 경계선을 치고 군데군데 구명보트를 매달아놓았다. 주황색 구명보트 위에 '위험, 수심 2미터 이상'이라고 쓰여 있다. 그 주변을 사람들이 걸어 다닌다. 길은 산책로와 자전거 도로 두 갈래로 나뉜다. 날씨가 쌀쌀해서 그런지 사람들이 드문드문 보인다. 젊은 남자와 아들로 보이는 아이가 자전거를 타고 있다. 사람들이 산책을 하고 자전거를 타며 수시로 오가는데 누가 여기서 죽는다고 위험하다고 할까. 죽기에는 자살바위가 최고다. 그곳에 가기만 한다면 죽기는 시간문제다. 그냥 밀어버리면 끝나니까. 거긴 너무 멀다. 술병으로 놈을 유인해서 갈 수는 있겠지만 그런 수고 자체도 또라이에게 하기에는 시간 낭비다. 그냥 이곳에서 작업하기로 한다. 사람들이 집으로 돌아가고 아무도 없는 때를 기다리자.

둑길에 앉아 강물을 바라본다. 어젯밤 내린 비로 호수 가득 물이 차올랐다. 자칫하다 산책로로 넘칠 것 같다. 산책로가 파이고 갈라진 걸 보니 물이 넘쳤던 모양이다. 곳곳에 침수됐던 흔적이 보인다. 물이 콘크리트 바닥을 갈라놓았다. 하늘은 낮게 내려앉고, 물결은 높고, 기분은 꿀꿀하다. 이 정도면 작업 조건이 나쁘지 않다. 어디선가 내가 싫어하는 색소폰 소리가 들려온다. 흐느적거리는 음이 반복적으로 들려온다. 바람을 타고 오는 것 같다. 날이 쌀쌀하다. 꽃샘바람이 분다. 그래봤자 꽃은 핀다. 피기 싫어도 피는 꽃도 있고 피고 싶어서 피는 꽃도 있다. 그건 자기네들 사정이고 결국 다 피고야 만다. 봄이니까. 땅을 뚫고 삐죽삐죽 올라온 새싹이 둑길을 초록색으로 덮고 있다. 내 생일이 봄이어서 좋다는 생각을 이십 년 만에 처음으로 해본다. 나도 새로 시작할 수 있다고 봄이 말해주는 것 같으니까.

다시 한 번 천변을 살핀다. 몇 사람들이 걷다가 들어가고 자전거 타던 부자만 남았다. 바람이 심하게 불어서 자전거가 앞으로 나가지 않는지 내려서 끌고 가고 있다. 나의 아버지라는 작자는 내가 절름발이라는 게 그렇게 창피했을까. 그래서 나를 버리고 집을 나가버린 것일까. 저만치 휠체어를 밀고 오는 남자의 모습이 보인다. 노모를 위해 바람이라도 쐬러 나온 걸까. 그러기엔 날이 너무 춥다. 노모를 데리고 병원에라도 다녀오는 걸까. 두툼한 목도리와 털모자, 마스크, 털장갑으로 무장한 노인을 밀고 가는 남자의 뒷모습이 멀어져간다. 나는 왜 휠체어에 엄마를 태우고 다니며 얘기할 생각을 못했을까. 얘기는커녕 술 먹고 자느라고 임종조차 보지 못했다. 관절염으로 고생하던 엄마의 모습이 떠오른다. 무릎걸음으로 다니며 밥을 짓고 반찬을 하던 모습도 어른거린다. 오래 서 있지 못해 늘 계단에 앉은 채 나를 기다리고 있었다. 날이 우중충하다. 엄마가 해준 밥이 먹고 싶은 저녁이다. 따뜻한 미역국이 먹고 싶은 날이다.

"오리들이 자맥질하네. 고기 잡을라고."

술 취한 또라이는 오리가 굶어 죽을까 봐 걱정이나 하고 있고, 나는 팻말을 쳐다본다. 팻말이 있던 자리가 텅 비고 쇠기둥만 보인다. 방금까지 있던 팻말이 어디로 사라졌다. 내가 잘못 보았나. 벤치 아래 검은 물체가 웅크리고 있다. 바람이 불 때마다 검은 물체가 몸을 부풀린다. 펑퍼짐한 엉덩이를 돌리고 앉아 꼬리를 흔든다. 고양이 꼬리 같기도, 쥐꼬리 같기도 하다.

"저게 뭐냐?"

놈에게 묻는다. 놈이 오리를 향해 꽥꽥거린다. 너에게 말한 내가 또라이 새끼지. 나는 직접 가서 확인한다. 벤치 아래 찢어진 검은 비닐봉지가 돌멩이에 걸린 채 바람에 펄럭이고 있다. 다가가서 보니 팻말도 보인다. 쇠기둥만 보이던 게 평평하게 잘도 보인다. '하천 내 낚시 금지 구역. 위반자 과태료 부과.' 그렇다면 고기가 있다는 거다. 오리들이 굶어 죽진 않겠다. 나는 다시 둑길로 온다.

"오리들은 하루 종일 저렇게 물속에 고개를 넣었다 뺐다 한다고. 배고프니까."

놈은 여전히 한가한 말만 하고 있다. 니 걱정이나 해라 또라이 새끼야. 내가 곧 작업에 들어갈 거니까. 그런데 이상하게 이런 말이 입술에만 붙어 있는 것 같다. 진심이 아닌 것 같다. 아니라면 진심이 될 때까지 기다려야지. 내가 진심으로 원해야 이루어질 테니까.

"오리들은 떼 지어 다니는데 저 학처럼 생긴 큰 새는 언제나 혼자 다녀. 오리하고 놀고 싶나 봐. 그렇다면 가까이 갈 것이지 멀리서 보고만 있어."

휘이휘이, 놈이 날아가는 흉내를 낸다. 끼룩끼룩, 우는 소리를 낸다. 커다란 새 한 마리가 물을 박차고 허공을 가로질러 호수 건너편 늪지대에 착지한다. 늪지대를 경계로 도로가 있고 공장들이 늘어서 있다. 얼기설기 이어지는 도로 위에 가로등이 마주 보고 서 있다. 가로등이 불을 밝히고 밤샘 작업에 들어간다. 내 작업은 하프 모양의 다리에 불이 들어오는 순간으로 정한다. 강을 가로질러 하프 모양의 다리가 있다. 그 다리에 불이 들어오는 순간 요란스럽게 불빛이 반짝거리며 음악이 흘러나온다. 한 오십 초 정도. 그 순간 놈을 밀어버리는 거다. 오케이. 할 수 있을 것 같다. 작업을 하려면 감을 잘 잡아야 한다. 이쯤에서 작업을 해도 된다는 충분한 느낌이 들어야 한다. 다리에 불도 안 들어온 이 시점에서 작업을 하고 싶지 않다. 그러면 좋은 결과가 나오기도 어렵다. 만전을 기하기 위해서는 일단 내 마음이 안정되어야 한다. 밤은 길다. 다리에 불이 들어오고 나서 작업 개시를 해도 늦지 않다. 작업을 일단 미루고 보니 어쩐지 마음이 놓이는 것 같다.

드문드문 보이던 사람들이 모두 사라지고 또라이와 나 둘만 남았다. 최적의 때가 왔는데도 나는 얼른 작업을 하지 못하고 미적거리고 있는 건 아닌가. 그렇지 않다. 뭔가 새로 시작한다는 것은 심혈을 기울여야 한다. 내 안에서 튀어나온 또라이를 죽이는 일이다. 이 작업이 끝나면 나는 새로 태어나는 것이다.

날은 점점 더 어두워지고 다리의 불빛은 여태 들어오지 않는다. 뒷산은 하늘 속으로 잠수한 듯 부옇고 공장의 불빛은 어두워질수록 또록또록 빛난다. 고속도로 위의 차들은 붉은 등을 강물에 띄우고, 강물은 어지럽게 흔들린다. 하프 모양의 다리는 여전히 캄캄하다. 오늘따라 이상하게 불이 들어오지 않는다. 날을 잘못 잡은 건가. 장소가 잘못된 건가. 봄날은 변덕스럽고 나는 속으로 또라이를 죽였다가 살렸다가 한다. 모든 게 쿵짝이 맞다. 조금만 기다리자. 곧 불이 들어올 테니까.

"저 새끼들 좀 봐봐. 진짜 쪼만해. 얼마 전에 오리가 새끼를 낳았어. 진짜 귀엽지. 야. 야. 귀요미들아."

놈이 떠들어서 강을 유심히 본다. 여러 마리의 오리가 하얀 배를 드러내고 떠 있다. 술 취한 또라이의 눈에도 저 콩알만 한 오리들이 보이는 건가.

"저 새끼 오리들은 엄마가 고기를 잡아서 줘. 저 새끼 오리들은 고기가 무서워서 못 잡아. 자기보다 더 큰 고기가 무서운 거라고. 엄마 오리들이 낮게 날다가 고기들을 확 잡아서 새끼들한테 주는 거라고. 강물에 원 그려지는 거 있지. 그거 다 고기라고. 고기가 숨 쉬는 거라고."

술 취한 또라이의 눈에 물속에 있는 고기까지 보인다는 건가.

둑길에 피어 있던 풀이 머리카락을 곤두세운다. 누렇게 말라 죽은 풀까지 일어서서 아우성친다. 저 멀리 건물 안에서 누군가 망원경으로 이쪽을 살피고 있을지도 모른다. 밤이지만 아주 어둡지도 않은 하늘 아래 보이는 모든 사물들이 신경을 곤두세우고 나와 시선을 맞춘다. 도로 너머 우뚝 솟은 방송국 건물이 갑천을 굽어보고 있다. 옥상 위에 설치된 수많은 안테나가 갖가지 색깔의 불을 밝히고 있다. 그 주변에 천변을 향해 카메라를 설치해놓은 것처럼 보인다. 이곳에서 무슨 일이 일어나는지 보려고 24시간 대기조가 잠복해 있을지도 모른다. 오늘같이 날이 흐리고 바람이 많이 부는 날에는 특파원을 파견했을지도 모르지. 겁먹지 마. 할 수 있어.

나는 쪼그려 앉은 다리를 펴고 주무른다. 내가 해줄게. 갑자기 놈이 내 다리를 붙잡으려 하는 걸 피하다가 내가 물속으로 떨어질 뻔했다. 제기랄. 나쁘지 않다. 내가 죽든 네가 죽든 끝까지 가보자.

물속은 추울까. 따뜻할까.

나는 강물을 쳐다본다. 콩알만 한 오리들한테 시선이 간다. 저 새끼 오리들은 물속에서 몇 번이나 발길질을 해야 이렇게 캄캄한 밤중에도 가라앉지 않고 떠 있을 수 있을까. 나는 여기서 무엇을 하고 있을까. 봄바람이 매섭다. 먼지 같은 게 눈앞에 희끗거린다. 자세히 보니 바람에 눈발이 섞여 있다. 겨울은 봄이 오는 게 싫을까. 속으로는 좋으면서도 쌀쌀맞게 표현하는 거겠지.

"저 새끼 오리 엄마가 저기 줄무늬 청둥오리야."

놈은 천변에 나와서 술을 홀짝거리다가 오리한테 꽂혔을까.

"청둥오리. 저놈이 제일 잘생겼어. 저놈이 아빠고. 그 옆에 젤 이쁜 게 엄마야."

"니가 그걸 어떻게 알아."

"알아. 다 알아. 여기는 내 아지트니까."

"잘난 척하기는."

"엄마 청둥오리가 잘 웃어. 고양이가 달리다가 웃으면 오리도 따라 웃어."

"이젠 고양이까지 등장하냐."

다른 날 같았으면 입을 뭉개버렸을 텐데 오늘은 특별한 날이니까 참아준다 내가.

"밤에 잠 안 자고 나와 있으면 별소리가 다 들린다니까".

그래 네 놈은 또라이 같은 말이나 해라. 그래봤자 곧 작업 개시를 할 거니까.

"그런데 이건 또 무슨 소리냐."

첨벙, 하는 소리가 들린 것 같다. 누가 빠지기라도 했다는 건가. 머리털이 쭈뼛거린다.

"물고기들이 숨는 소리야. 고양이가 나타났나 봐. 그러니까 무서워하지 마. 히히히."

놈이 계속 귀신 웃음소리를 낸다. 등골이 오싹해진다. 이 또라이 새끼가 죽으려고 환장을 했나 보다 진짜.

"고양이 웃음소리 들어봤어? 고양이는 호루라기 부는 소리를 내면서 웃어. 오리는 꽥꽥 웃고."

또라이의 눈에는 모든 게 다 웃는 것처럼 보이나 보다. 나에게는 모든 게 화내는 것처럼 보인다. 바람도 화가 나서 세게 불고 나무들도 꽃샘바람이 너무 심하다고 화내고 하프 모양의 다리도 캄캄해 죽겠는데 불이 안 들어온다고 화내는 것 같다. 오늘은 불이 안 들어오니까 이제 그만 집으로 돌아가라고 화내는지도 모르지. 그런데 이건 또 무슨 헛소리냐.

"내가 술 마실 때 우리 엄마는 나를 항상 기다렸지. 나는 술을 먹고 몇 날 며칠 들어오지 못했지. 엄마가 나랑 말하고 싶다고 하니까 나도 궁리를 했지. 내 머리가 그렇게 나쁘진 않거든. 아

이큐가 백팔십이라고 학교 다닐 때 칭찬이 자자했지. 그 머리로
생각해낸 게 엄마한테 카세트테이프를 사다 주고 할 말 있으면
녹음을 하라고 했지. 내가 나중에 듣겠다고. 엄마 돌아가시고 난
뒤 그 테이프를 아직도 못 듣고 있지."

"내가 들어줄게 술 한 병만 줘."

"너도 엄마 가슴에 꽃 달아준 적 없지."

"엄마가 없어."

"꽃을 달아준 적이 있는지 없는지 말해보라고."

"엄마가 없다니까 그러네."

"너의 엄마도 너 낳고 미역국 먹었겠지."

"가르쳐줄 테니까 술 한 병 달라고. 세상에 공짜가 어딨어."

내가 지금 술 취한 또라이를 데리고 뭐하는 건지 모르겠다. 술
한 병 주는 대신 내 맘이라도 알아주라는 건가.

"빨리 내놔."

놈이 채근한다.

"니가 다 처먹었잖아."

"숨긴 거 다 알아."

"먹고 죽으려 해도 없어."

"슈퍼 가서 사와."

"니가 뭔데?"

"내가 누군 줄 알고."

"누구긴 누구야, 또라이 새끼지."

"꺼져버려, 또라이 새끼야."

순식간에 놈이 내 멱살을 잡는다. 놈의 아귀힘에 목이 졸린다. 이거 안 봐. 목소리가 나오지 않는다.

"내가 힘이 없어서 너한테 맞아준 줄 알아? 니가 술을 주기 때문이지. 어쩌다가 내가 이런 신세가 됐지만 나도 왕년에는 고급 와인에 코냑만 마셨어. 싸구려 소주 따위 처다보지도 않았어. 빨리 내놔 병신아."

또라이가 꽥꽥거린다.

"저게 마지막이야."

나는 발끝으로 빈 술병을 가리킨다. 술병이 픽 쓰러진다. 굴러가는 술병을 놈과 나, 동시에 처다본다. 술병이 갑천에 풍덩 빠진다. 놈이 술병을 따라 몸을 날린다. 순식간에 물속에 잠겨 보이지 않는다. 이런 식으로 가면 섭하지.

나는 놈을 끌고 나와서 죽은듯이 축 늘어진 놈의 가슴을 압박하고 놈의 입에 내 숨결을 불어넣고 있었다. 정말이지 내가 세상에 태어나서 처음으로 심혈을 기울인 작업이었다.

이윽고 놈이 눈을 뜬다. 흐리멍덩한 눈이다. 단춧구멍 같은 눈이다.

"정신이 드냐?"

나는 놈의 뺨을 철썩철썩 때린다.

"그만둬, 또라이 새끼야."

놈이 왜 자기를 살렸냐고 꺽꺽거린다. 이제 그만 죽어버리겠

다고 징징거린다. 걱정 마라 또라이 새끼야, 내가 너를 철저하게
죽여줄 테니까.

　죽고 싶어도 안 죽어질 때는 일단 살아볼 일이다. 그래야 못다
한 이야기를 할 수 있으니까. 죽으면 끝이니까. 엔딩이니까.

택시

차 안에서 기다린 지 20분이 지났다. 손님이 탈 기미는 보이지 않는다. 나는 차창 너머로 손님을 기다리며 서성대는 운전기사들을 내다본다. 다들 한데 모여 있으니 어떤 사람이 내가 탄 차를 운전할 사람인지 알 수 없다. 10분이면 손님이 탈 거라며 잠시만 기다리라던 운전기사는 여태 나타나지 않는다. 땅딸막하게 보이는 저 남자가 차 주인인 것도 같은데 불빛에 어리는 명암 때문에 잘 알아볼 수 없다.

한 남자가 택시비를 깎으려고 횡설수설한다. 목숨 걸고 운전하는 거 아시잖아요. 운전기사의 말에 남자가 투덜거린다. 나도 목숨 걸고 타요. 남자와 운전기사가 실랑이를 벌인다. 내가 대신 택시비를 내주고 싶은 생각도 든다. 그렇다고 해서 차가 떠날 것도 아니다. 네 사람이 모여야 떠나는데 차 안에는 지금 나 혼자뿐이다. 네 사람분의 택시비를 내가 다 낸다면 당장 차가 떠날 수 있겠지만 그러고 싶은 마음까지는 들지 않는다.

남자가 운전기사를 뒤로하고 걷기 시작한다. 그러다가 갑자기 방향을 튼다. 이윽고 내가 앉아 있는 앞좌석의 문을 연다. 뒷좌석에 타세요. 나는 남자에게 말한다. 남자가 나를 물끄러미 내려다본다. 구겨진 와이셔츠 위에 느슨하게 매달린 넥타이가 내 눈앞에서 흔들거린다.

남자가 몸을 기울여 내가 앉아 있는 좌석의 등받이를 짚는다. 남자의 더벅머리가 내 얼굴에 닿을 듯하다. 술내가 풍긴다. 남자가 혀 꼬부라진 소리로 읊조린다. 너만 여자냐. 발에 차이는 게 여자야. 떠난다고 내가 붙잡을 줄 알았지. 어림없는 소리. 내가 울며불며 매달릴 줄 알았지. 천만의 말씀. 행복하시오. 그러고는 허리를 곧추세우는가 싶더니 차문을 부서져라 닫아버린다. 남자의 허리에서 삐져나온 흰 와이셔츠 자락이 바람에 펄럭인다. 남자가 앞차에 오른다. 곧이어 앞차가 미끄러지듯 출발한다.

"아저씨! 얼마나 더 기다려야 돼요?"

나는 차창을 내리고 운전기사들을 향해 외친다. 아무도 나를 돌아보지 않는다.

"언제 떠날 거예요?"

쓸데없이 목청을 돋운다. 담뱃불을 붙이려던 운전기사가 총알택시 처음 타보냐는 표정으로 나를 돌아본다. 라이터 불에 얼굴이 잠깐 드러났다가 사라진다. 언젠가 봤던 얼굴처럼 낯설지 않다. 누군가 차문을 똑똑 두드린다. 이번에는 정수리가 훌떡 벗겨진 남자다. 나하고 술 한잔 어때요? 대머리가 묻는다. 대머리는 대답도 듣지 않고 비틀비틀 걸어간다.

"지금 가실 분! 한 분 타시면 곧바로 떠나요!"

호객하는 운전기사의 목소리가 들린다. 남은 자리는 뒷좌석일 게 분명하다. 나는 뒷좌석에는 절대 타지 않는다. 누군가 앞에 타고 있으면 다른 차를 찾아간다. 빈 차는 얼마든지 있고, 나는 내 마음대로 골라 탈 수 있다. 속도를 느끼려면 시야가 확 트인 앞좌석이 안성맞춤이다. 때로 치근대는 운전기사를 만나면 속도 감이 배가된다. 운전기사가 나를 흘깃대는 그 몇 초의 순간에 사고가 터질 것 같은 스릴감. 속도를 낼 때는 핸들을 살짝만 틀어도 그대로 가버리는 거죠. 운전기사의 말에 나는 아무 대답도 하지 않는다. 운전기사는 끈질기게 지껄인다. 150이면 커브 돌기 위험한 속도다, 그렇지만 내 운전 실력이 워낙 좋으니까 안심하라. 하루에 열두 번씩 손님을 실어 나르려면 눈감고도 왔다 갔다 할 정도로 도로 사정을 꿰고 있어야 한다. 요 앞에는 감시 카메라가 있으니까 차선에 걸쳐주고. 그러면서 차선을 바꾸는 바람에 내 몸이 옆으로 쏠린다. 비 오는 날이나 눈 오는 날 타면 속도 감이 끝내주죠. 비가 차창을 때려주고 바람에 눈이 날리는 게 보이니까요. 집이 어디예요? 뭐하는 분이에요? 결혼했어요? 그러고는 은근슬쩍 말한다. 분위기 좋은 곳에 들어가자고, 아니면 노래방에 가서 한 시간만, 아니 삼십 분이라도 노래를 부르자고 한다. 어디론가 자꾸 들어가려는 남자나, 나처럼 자꾸 밖으로 나오려는 여자나 다들 불쌍한 인간들이라는 생각에 내 입술 사이로 가벼운 한숨이 흘러나온다.

밤이 되면 내 가슴은 이상야릇한 떨림으로 일렁거리기 시작한다. 더 이상 텔레비전에도 설거지에도 남편과의 대화에도 몰두하지 못하고 눈길이 자꾸 밖으로 간다. 캄캄한 어둠 속에서 누가 나를 부르는 소리가 들린다. 나가지 말자. 나가야 한다. 두 마음이 싸운다. 밤이 깊어질수록 싸우는 소리는 더욱 높아진다. 책을 들여다보고 있으면 어디론가 쌩쌩 달려가는 택시들의 물결이 글자를 지운다.

요즘 들어 이 망할 놈의 택시를 자주 타고 있다. 몇 번 타다 보니 상습적이 되었다고나 할까. 이러다가 날마다 이 차를 타게 되는 게 아닐까. 하루라도 이 차를 타지 않으면 견딜 수 없게 되어버리는 게 아닐까. 그러다가 직접 차를 몰겠다고 나서게 되는 건 아닐까. 나는 중얼대다가 고개를 흔든다. 그런 일은 없을 것이다. 나는 운전을 배울 마음이 전혀 없다. 운전을 배우게 되면 나는 분명 어느 밤길을 불빛에 도취된 채 과속으로 달리다가 절벽 아래로 떨어져 내릴 것만 같다. 나는 늘 그런 예감 속에서 살았다. 내가 죽으면 뇌를 병원에 기증해서 어떤 구조로 생겨먹었는지 알아보라고 해봐. 정신분석에 훌륭한 자료가 될 거라고. 그렇다고 내가 하고 살았던 생각까지 알 수 있을까. 나는 이미 죽어버렸으니까 그런 것은 알 필요도 없을까. 듣고 있는 거야? 설거지를 하다 말고 남편을 돌아보았더니 그는 무협지를 보느라 넋을 잃고 있었다.

카드 회사에 다니는 남편은 퇴근길에 만화방에 들러 무협지를 빌려 온다. 하루라도 무협지를 보지 않으면 온몸이 쑤신다고 했다. 하루 종일 사람들의 목소리와 상대해서 티브이에서 흘러나오는 말소리조차 듣기 싫다고 했다. 무협지에는 일정한 패턴이 있어. 우선 무술에 입문한다. 그다음 무술을 익힌다. 익힌 바를 가지고 세상을 평정한다. 맘에 들어. 재밌어. 나도 나중에 무협지 쓸 거야. 사람이 꿈을 갖고 살아야지. 그의 눈이 반짝반짝 빛났다. 나는 무협지, 하면 윽, 퍽, 쿵, 억, 하는 의성어만 떠오를 뿐 아무런 감흥이 일지 않았다. 서로의 침 넘어가는 소리가 들리도록 고요하기 짝이 없는 단칸방에서 남편이 빌려 온 무협지를 사이좋은 부부처럼 나눠 봤으면 아무 일도 없었겠지만 아쉽게도 나는 무협지에 흥미가 없었다. 그가 무협지를 보면 나는 밖으로 나와서 동네를 한 바퀴 돌다가 들어가곤 했다. 그러다가 큰길로 나오게 되었다. 한번은 버스 종점까지 걸어갔다가 막차가 끊겨서 택시를 타게 되었다. 강변도로를 달리는 택시 안에서 창밖을 내다보며 한시도 눈을 뗄 수 없었다. 꼬리에 꼬리를 물고 이어지는 불빛을 끝까지 따라가고 싶었다.

한번은 밤 열두시가 넘어 집에 들어갔는데 텔레비전을 보고 있던 남편이 물었다. 어디 갔다 왔어? 요 앞 큰길에서 잠깐 바람 쐬고 왔어. 잠이 안 와서. 무협지 안 보네, 하고 나는 얼버무렸다.

"이제 무협지 안 봐?"

나는 다시 물었다.

"골치 아플 때는 코미디가 최고야. 그냥 웃고 치워버리는 거지."

그의 말에 나는 이제 택시 타긴 글렀구나, 하는 생각이 들었다. 그는 심각한 표정으로 코미디를 보고 있었다. 코미디 다음은 뭘까, 나는 하나도 궁금하지 않았다. 무협지를 보기 전, 그는 영어 공부를 한다며 신경을 곤두세웠다. 아침 아홉시부터 밤 아홉시까지 하루 종일 일해도 먹고살기 빠듯하잖아. 그걸로 생활이 돼야 말이지. 기본 영어만 익히면 그 거지 같은 회사 때려치우고 미국 가서 살 거니까 너도 마음의 준비 단단히 하고 있어. 영어 하나만 확실하게 알아가지고 와도 이 나라에서는 밥 먹고 살 거니까. 곧 떠날 것처럼 수선을 피우더니 내가 마음의 준비를 끝내기도 전에 영어 공부를 그만두었다. 영어 공부하기가 카드 회사 다니기보다 어렵다고 했다. 앞으로 아이도 낳아야 하니까 나도 돈 벌겠다고 했더니 그는 능력 없으니까 아이는 갖지 말자고 했다. 무조건 낳아서 기른다? 그건 죄악이야. 그리고 넌 꼼짝 말고 집에서 살림이나 해. 너 하나쯤은 내가 먹여 살릴 수 있으니까. 그렇게 케케묵은 말을 하던 그는 내가 늦게 들어온 것이 아무렇지도 않을까. 그가 아무렇지도 않게 굴면 굴수록 나는 그가 나를 몰래 훔쳐보고 있다는 느낌에 시달리곤 했다. 그는 왜 모른 체하는 걸까.

그렇다고 괜히 나왔다고 후회하지 말자. 오늘 나왔으니 내일도 나올 거라고 예측도 하지 말자. 내일이라도 나가고 싶은 마음이 사라져버릴 수 있다. 나오게 되면 나오는 거고 안 나오게 되면 안 나오면 된다. 나오고 안 나오고는 내가 정할 성질의 것이 아니다. 살다 보면 내 힘으로 안 되는 어쩔 수 없는 것들이 있다. 어렸을 때, 나는 달리는 택시에 뛰어들려고 했던 적이 있었다. 나 혼자 길을 걸어가면서 눈물을 찔끔찔끔 흘렸던 기억이 난다. 꼭 그렇다고는 할 수 없어도 내가 태어나서 처음으로 느꼈던 외로움이라는 감정이 아니었을까 싶다. 날이 갈수록 그 감정은 점점 심하게 내 가슴을 후볐다. 어느 날, 먼지를 뽀얗게 일으키며 달려가는 택시를 바라보며 결심했다. 차라리 죽어버려야지.

길가에 서서 택시가 오기를 기다렸다. 저만치 차가 오는 게 보이고 점점 가까워지자 가슴이 뛰어서 차마 뛰어들지 못했다. 이번에는 꼭 뛰어들어야지, 하고 망설이는 사이 택시는 또 지나가버렸다. 학교에서 집에 오는 내내 손에 땀을 쥐며 그런 짓을 수없이 되풀이했다. 내가 커서 술을 마시기 시작하면서 나는 몇 번인가 택시에 치여 죽을 뻔했다. 어느 때는 택시가 질주하는 도로 한복판에 서 있었다. 언젠가는 택시가 내 옷깃을 스치고 지나간 적도 있었다. 내가 한 발만 더 걸었으면 죽었을 게 뻔했다. 그리고 지금 나는 택시 안에 앉아 있다.

차 안은 캄캄하다. 나는 눈을 감는다.

"무엇이 불안한가 말해보세요."

내가 두 개의 눈이 나타나는 꿈을 꾼다고 하자 의사가 그렇게 물었다.

"제가 불안해서 그런 꿈을 꾸는 건가요? 저는 한 번도 제가 불안하다고 생각해본 적이 없었거든요."

나는 의사에게 말했다.

"졸음이 와도 자지 않으려고 두 손으로 눈꺼풀을 잡고 있어요. 또 그 꿈을 꿀까 봐서요."

내 말에 의사가 빙긋이 웃었다.

"그렇게 억지로 잠을 안 자려고 할 필요 없어요. 사람이 잠을 자야 살죠. 편안하게 주무세요. 그건 다 때가 되면 사라지니까요."

그러면서 의사는 통증을 완화시키는 요가 동작 하나를 가르쳐주었다. 꿈을 꾸고 난 뒤 가슴이 옥죄는 것을 어떻게 알았을까. 그리고 편안히 주무시라고? 나도 그걸 원하고 있다.

꿈에 두 개의 눈이 나타난다. 세상에 그렇게 흉측한 눈은 없다. 그것은 눈이 아닌 것도 같다. 시커먼 구덩이 모양을 하고 있다. 두 개의 눈인지 구덩이인지 어둠인지 모를 것이 점점 확대되면서 소용돌이친다. 시커먼 구덩이를 벌려 나를 삼켜버리려고 한다. 이렇게 자세히 설명해도 남편은 알아듣지 못했다.

"악몽 안 꿔봤어?"

남편에게 물었다.

"꿔봤어. 낭떠러지에서 떨어지는 꿈. 키 크려고 꾼다며?"

남편의 말에 나는 몹시 실망했다. 그 뒤 나는 꿈을 꿔도 그에게 말하지 않았다.

늘 쓰던 모자를 안 쓰고 나와서 불안한가.

밖에 나올 때 쓰기 쉽도록 신발장 위에 올려두었는데 서둘러 나오느라 잊고 말았다. 모자 때문이 아니라 내가 너무 조급해서 불안한지도 모른다. 시계를 본다. 지금은 새벽 한시. 날이 새기까지는 네다섯 시간이나 남아 있다. 그동안 나는 시속 190에 육박하는 속도를 즐길 수 있다. 그러고는 무사히 집에 돌아가는 것이다. 열쇠를 꽂기 전, 대문에 귀를 대고 문안의 고요를 확인하는 기분은 그의 눈을 피해 밖으로 나오는 것만큼 아슬아슬하다. 나는 떨리는 손으로 열쇠를 꽂는다. 찰칵, 하고 열쇠가 맞아떨어질 때의 소리가 총소리를 들었던 밤을 상기시킨다. 『지킬박사와 하이드』를 읽던 밤, 대문을 향해 발사되던 총소리. 밤 깊은 도시를 휘황하게 비추는 불빛 바다, 급한 걸음으로 걸어가는 수상쩍은 사람의 그림자, 그 사람에게는 얼굴이 없었다. 그 부분을 조마조마하며 읽다가 심장이 멎는 줄 알았다. 대문 밖의 발소리가 멀어지기도 전에 신문 배달부가 왔다 가는 것을 알 수 있었다. 신문 뭉치가 타일 바닥에 부딪치는 소리를 총소리로 듣다니. 낮이라면 그런 착각이 가능했을까. 지금은 새벽 한시. 말 그대로 불야성이 축제를 벌이듯 어디론가 쌩쌩 달려가는 택시들의 물결이 눈앞에 펼쳐지고 있다.

어떻게 된 일일까.

40분을 기다려도 사람 하나 타지 않는다. 모두 어디 들어가서 술을 마시고 있을까. 차들만 도롯가에 서 있다. 차창은 짙게 썬팅되어 있다. 창밖에서 이마를 대고 들여다보아도 안이 보이지 않을 듯하다. 시커먼 차창을 보면 그 안에서 무슨 일이 벌어지고 있을 것만 같다. 차창 밖은 차 안보다 안전해 보인다. 인도에 늘어서 있는 포장마차와 취객들, 불 꺼진 상가와 광고판의 붉고 푸른 불빛. 운전기사들이 편의점 앞에 모여 담배를 피우거나 팔짱을 낀 채 어슬렁거린다.

"왜 이렇게 손님이 없어요?"

운전기사에게 묻는다.

"토요일이니까요."

그것도 모르냐는 표정이다.

"토요일 밤에는 여유가 있잖아요. 한잔 먹고 집에 안 들어가기도 할 거고 찜질방에서 자는 사람도 있을 테고. 내일 회사 안 가니까요. 조금만 더 기다리세요."

운전기사는 당당하다.

나는 인정해야 한다. 택시가 떠나려면 아직도 멀었다고. 나는 도로 한복판으로 눈길을 돌린다. 택시들이 쏜살같이 달려가고 있다.

차 안에 가득 찬 방향제 냄새 때문에 머리가 지끈거린다. 차문을 열자 시원한 바람이 들어온다. 바람에 머리카락이 날려 시야를 가린다. 숨을 깊이 들이마신다. 차고 축축한 공기에 돼지국밥 냄새가 섞여 있다. 몇몇 사람들이 포장마차 앞에 서서 소주를 먹고 있는 게 보인다. 한 여자가 가로수 둥치 아래 토사물을 질펀하게 쏟는다. 여자의 등뒤로 모텔, 나이트클럽, 노래방의 간판들이 번쩍거린다. 번쩍번쩍. 불빛이 점멸한다. 하늘에 띄엄띄엄 떠있는 별빛마저 네온사인의 일부처럼 느껴진다. 불빛이 주르륵 흘러내리다가 위로 솟구친다. 이내 잦아들며 가물거린다. 불티같은 빛들이 점점 부풀어 오른다. 불꽃을 톡톡 터트리며 글자를 새긴다. 파라다이스.

어둠이 내리면 나는 자꾸 밖으로만 향하는 내 시선을 막기 위해 커튼을 닫아버린다. 남편과 대화를 해보려고도 하고 티브이도 보고 비디오를 보려고 애쓰기도 한다. 슈퍼를 갈 때는 택시가 지나다니는 것을 보지 않으려고 일부러 아파트 정문과 반대쪽으로 고개를 돌리고 걷는다. 택시를 보게 되면 무작정 잡아타고 어디론가 떠나버리고 싶다는 충동이 들기 때문이다. 약국을 지나칠 때는 수면제를 사서 남편에게 먹이고 싶다고 생각한다. 음료수에 타 먹이면 금방 잠들 수 있을 텐데. 솔직히 그런 생각을 많이 했다. 그러나 한 번도 사지는 않았다. 음료수를 사고 약국 앞에서 서성거리면 너 지금 뭐하고 있니, 하고 묻는 남편의 목소리가 들리는 것 같았다.

집을 향해 터덜터덜 걷는 길은 푸르스름한 기운이 감돌고 있다. 요즘은 밤늦도록 불 켜진 곳이 많아서 그렇게 어둡지만은 않다. 그런데도 캄캄하게 보일 때가 있다. 달이 뜨는 날도 캄캄하고 대낮인데도 밤처럼 느껴진다. 주변을 살펴보면 고양이들이 눈에 띈다. 낮에도 살찐 고양이들이 풀밭에 나와서 지나가는 사람들을 쳐다보며 해바라기를 한다. 사람이 가까이 가도 도망가지 않는다. 그러나 밤에는 달라진다. 밤에는 무조건 도망간다.

밤에 쓰레기봉투를 뒤지는 놈들을 보면 대부분 어린 고양이들이나 등이 휘어지도록 빼빼 마른 놈들이다. 어리고 마른 놈들이 먹이를 찾아 헤매는 동안 살찐 고양이들은 아파트 지하실에서 쥐들을 잡아먹고 있을지도 모른다. 말라서 등뼈가 불룩 튀어나오고 등가죽에 배가 붙어 있는 것들이 쓰레기봉투 근처를 어슬렁거리다가 내 발소리에 놀라 황급히 차 밑으로 숨어드는 것을 보면 마음이 언짢아진다. 이리 나와, 괜찮아, 하고 말하고 싶어진다. 음식물 분리수거통에 음식 찌꺼기를 따로 담기 때문에 쓰레기봉투를 뒤져봤자 먹을 것도 없다. 집에 가서 먹을 것을 갖다 주고 싶은 마음이 들다가도 불현듯 관리사무소에 찾아가서 고양이들을 다 몰살시킬 수 없겠냐고 항의하고 싶어진다.

발정 난 고양이 울음소리는 얼마나 듣기 싫은가. 그것들은 왜 그런 징그러운 소리를 내면서 자기가 발정이 났다는 걸 온 동네 방네 알리는가. 세상에 왜 그런 흉측한 소리가 존재해야 하는가. 고양이들은 이상하다. 낮에는 잠잠하다가 어두워지면 소리를 지른다. 그 소리가 계속 들려오면 나는 귀를 막아버리고 싶어진다. 아파트 지하에 수많은 고양이들이 모여 교미하는 모습이 떠올라침을 퉤 뱉어버린다.

차들이 주차된 곳을 지나치려는데 날카로운 고양이 울음소리가 들렸다. 살찐 고양이가 허리를 쭉 편 채 서 있고 2미터쯤 떨어진 곳에 털 빠지고 비쩍 마른 고양이가 땅에 납작하게 엎드려 있다. 털끝 하나라도 움직이면 당장 처치해버릴 것처럼 살찐 고양이가 등을 곧추세우고 마른 고양이를 굽어보고 서 있다.

얼마나 시간이 지났을까.

털 빠지고 마른 고양이가 드디어 움직이기 시작한다. 느릿느릿 일어나서, 한 발을 뒤로 빼고, 또 한 발을 빼낸다. 한 발, 또 한 발, 뒷걸음질 치는 동작이 너무 느려서 한 시간도 더 지나간 것 같다. 그렇게 느리게 움직이면 살찐 고양이가 모른다고 생각할까. 마치 그의 눈을 피해 밖으로 나가는 내 모습과도 흡사하다. 필사의 탈출을 감행 중인 마른 고양이. 그 모습을 뚫어지게 지켜보는 살찐 고양이. 무슨 생각이 든 것일까, 갑자기 돌아서서 모른 체하고 유유히 사라지는 살찐 고양이. 어슬렁어슬렁 걸어가는 모습이 '동물의 왕국'에 나오는 호랑이처럼 늠름하기까지 하다. 아닌 게 아니라 호랑이가 고양잇과라지. 고양이가 호랑잇과가 아니고. 언젠가 그에게서 들었던 말이 떠올라 나는 픽 웃어버렸다.

그는 자고 있다가도 내가 밖으로 나가려고 현관문을 향해 걸어가면 갑자기 숨이 끊어진 사람처럼 호흡을 뚝 멈춰버린다. 순간 나는 밖으로 나가려던 것을 멈추고 목이 말라 일어난 사람처

럼 일부러 꿀꺽꿀꺽 소리 내서 물을 마신다. 긴장을 해서인지 물
이 많이 먹힌다. 물을 마시면서 그의 숨소리에 귀 기울인다. 잠시
후, 코 고는 소리가 들려도 그가 내 쪽을 보고 누워 있으면 나는
안심하고 밖으로 나가지 못한다. 그가 실눈을 뜨고 코 고는 소리
를 내면서 나를 감시하고 있을 것 같다. 그가 벽 쪽으로 돌아누우
면 나는 발뒤꿈치를 들고 현관문을 향해 살금살금 걷는다. 장난
치듯 그가 잠꼬대를 한다. 나는 깜짝 놀라 그 자리에 선다. 이내
가스레인지 앞으로 가서 밸브가 잠겼나 확인하는 척한다. 그가
다시 코를 골면 나도 다시 걷는다. 방에서 현관문까지 몇 걸음도
안 되는 거리가 십 리 길처럼 멀기만 하다. 이렇게까지 해서 밖으
로 나가야 하나. 자존심이 상하지만 포기할 수는 없다.

나는 현관문을 살그머니 열고 나온다. 비상구의 초록색 불빛
에 의지해서 더듬더듬 계단을 내려온다. 한 발 한 발 내디딜 때
마다 발이 구덩이 속으로 빠지는 것 같다. 계단이 끝나는 지점에
서 잠깐 망설이다가 베란다 쪽과 반대 통로로 나온다. 혹시라도
그가 깨어 베란다 창문으로 내다볼까 봐. 고개를 들고 위를 올려
다본다. 어두컴컴한 복도 난간에서 빨간 담뱃불을 얼핏 본 듯도
하다.

나는 큰길을 향해 뛰었다. 등뒤에서 그가 내 어깨를 움켜쥘 것
같다. 끈질기게 쫓아오는 그의 발소리가 들리는 듯하다. 그러나
뒤돌아보지 마라. 뒤돌아보는 순간 너는 그대로 돌이 되어버린
다. 나는 주문을 외며 큰길로 나간다. 도로에는 어김없이 택시가

있다. 나는 택시에 올라탄 뒤 행선지를 말한다. 영등포역이요. 그곳에 가면 총알택시 탈 수 있죠? 알면서도 묻는다. 어딘가를 향해 바삐 가는 사람처럼 헐레벌떡 숨을 몰아쉬면서. 혹은 갑자기 누가 죽었다는 연락을 받고 영안실을 찾아가는 사람처럼 어두운 표정을 짓고서.

택시가 떠나지 않아서 늦어버릴 것 같다. 차 안에는 아직도 나 혼자뿐이다. 아직도, 라니. 이제 한시를 넘겼는데 왜 이렇게 서두르는 것일까. 오늘만 차를 타고 말 것도 아닌데, 세상의 차가 어디로 다 가버려서 내가 탈 차가 없어지는 것도 아닌데, 갑자기 날이 새서 집으로 돌아가기 곤란해지는 것도 아닌데. 서두른다고 손님이 타는 것도 아니고 몸부림친다고 차가 떠나는 것도 아니다. 네 사람이 타게 되었을 때 비로소 차가 떠날 것이다. 나는 느긋하게, 아주 느긋하게 등받이에 몸을 기댄다. 택시가 전속력을 다해 달리기 전, 이렇게 홀로 앉아 손님이 한 명 두 명 들어오는 것을 보는 것도 그리 나쁜 일은 아니다. 오늘은 어떤 손님이 탈까.

손님은 대부분 남자들이다. 어쩌다가 나를 알은체하는 남자도 있다. 우리 어디서 본 적 있죠? 어디서 봤더라? 나 모르겠어요? 그런가 하면 못마땅하게 쳐다보는 남자도 있다. 아가씬가, 아줌만가, 이 야심한 시간에, 하며 나를 위아래로 흘겨보아도, 이렇게 늦게 다니면 집에서 걱정하지 않나요? 밤일 나가시나요? 그들이 무슨 말을 하든 나는 상관하지 않는다. 술 취한 사람들이 하는 말이나 행동에 대해 나는 무조건 용서하자는 주의다. 그들이 내 뺨을 때린다 해도 용서할 수 있다. 총알택시를 처음으로 타게 되었던 그날 이후, 나는 마음이 무척 넓어진 것 같다.

그날, 나는 차 안에서 깊이 잠들었다가 눈을 떴다. 여기가 어디예요? 어디로 가는 거예요? 나는 놀라서 주변을 돌아보았다. 운전기사는 말없이 전속력으로 달리고 있었다. 순간 나는 다 알아버렸다. 그건 여자의 본능이다. 이런 일이 처음이더라도 다 알 수 있다. 앞으로 무슨 일이 벌어지게 될지.

택시는 불빛이 휘황하게 밝혀진 도로를 삽시에 밀어내며 어둠 속을 향해 질주하고 있었다. 드르르르륵, 하는 소리와 함께 차체의 진동이 온몸으로 전해져왔다. 우우웅, 하는 소리를 내며 차가 공중으로 붕 떠올랐다. 이내 아래로 푹 가라앉았다가 튕겨나갈 것처럼 솟아올랐다. 온몸이 걷잡을 수 없이 이리저리 쏠렸다. 나는 앞좌석의 등받이를 두 손으로 힘껏 잡고 허리를 꼿꼿이 세웠다. 차의 속도에 밀리듯이 가로등이 천천히 물러났다. 차가 급커브를 돌았다. 불빛이 허공에 걸려 있었다. 허공을 가르며 차가 달렸다. 불빛이 흩어졌다 모아졌다 흩어지기를 반복하고 있었다. 캄캄한 바닷속에 빛의 그물을 던지는 것 같았다. 안개에 싸여 뿌옇게 보였다. 길 위인지, 바닷속인지, 꿈인지, 현실인지 알 수 없었다. 190을 가리키고 있는 속도계를 보지 않았다면 차가 그렇게까지 빨리 달리고 있는지 몰랐을 것이다. 속이 매슥거리고 머리가 아팠다. 창문을 열고 싶었으나 열리지 않았다. 달리는 차 안에서는 뛰어내릴 수 없지. 밖으로 나갈 방법은 없어. 중얼거리는 사이, 택시는 나지막한 산길로 접어들더니 불빛이 반짝이는 모텔 앞에서 멈췄다.

저놈이 이제 저곳으로 끌고 가서 나를 잡아먹을 거야.

내 생각과는 달리 놈은 모텔로 들어가지 않고 차 안에서 순식간에 일을 해치워버렸다. 왜 브래지어를 풀어놨어? 나를 안기 전 남자가 말했다. 나는 입이 얼어붙어버렸다. 무서워서였다. 내가 언제 브래지어를 풀었을까. 가슴이 답답하면 브래지어 고리를 풀어놓곤 했었다. 그러나 밖에 나와서는 처음이다. 그렇지만 저 사람은 나를 날라리로 보겠지. 브래지어를 풀어놓고 공포에 떤다는 것은 말도 안 된다고 하겠지. 브래지어를 풀어놓고 무서워한다는 게 말이 되겠어. 믿지도 않겠지. 그러는 사이 남자가 일을 해치웠다. 그렇게 떨지 마. 마음 아프잖아. 남자가 나에게서 빠져나가는 순간 약간의 쾌감이 스치고 지나갔다.

차는 왔던 길로 돌아갔다. 너 때문에 돈도 못 벌고 완전히 망했잖아. 술 먹고 아무한테나 드라이브 시켜달라고 하지 마. 진짜 나쁜 놈 만나면 죽을 수도 있어. 너 오늘 운수 대통한 줄이나 알고 빨랑 집에 들어가. 운전기사가 나를 내려주며 말했다. 거짓말이다. 거짓말이야. 내가 드라이브를 시켜달라고 했다고? 내가? 새빨간 거짓말이야. 나는 나를 위로했다. 늦은 밤 영등포역 앞에는 택시들이 줄줄이 늘어서 있었다. 술에 취해 비틀대는 사람들이 차에 올라타고 있었다. 불빛에 도취돼서 여기까지 왔을까. 그 부근 포장마차에서 술을 마셨던 게 기억났다. 그러고는 모든 기억이 가위로 오려져 나갔다.

이런 일은 아무에게나 떠벌릴 이야기가 아니라서 의사에게도 말하지 않았다. 다만 두 개의 눈에 대해서만 말했다. 날이 갈수록 선명해지는 두 개의 눈은 남편이 빌려 온 공포 비디오에서 봤던 장면 같기도 했다. 겁탈 당하는 여자의 벌어질 것 같은 눈이 화면 가득 들어차는 것을 보았다. 그 여자의 눈을 쳐다보던 남자의 눈인지도 모르겠다. 그 장면을 뚫어져라 쳐다보던 남편의 눈인지도 모르겠다. 공포에 질려 눈 한 번 깜빡하지 않고 쳐다보던 내 눈이었을까. 넌 겁이 없어. 그가 툭 내뱉듯이 말해도 나는 꼼짝 않고 그 장면을 지켜보고 있었다. 그와 연애할 때처럼 얼굴을 가리고 소리를 지르며 그의 품을 파고들지 않았다. 이제 나는 무서워도 무섭다고 그에게 말하지 않는다. 무섭다고 말하면 더 무섭기 때문이다. 차라리 혼자 속으로만 무섭다고 생각하는 편이 훨씬 덜 무섭다. 뭐든 발설하고 나면 상태가 심해진다. 내 꿈이 그 지경까지 치달은 것도 그에게 말하고부터다.

그 꿈은 설명하기가 점점 어려워졌다. 눈을 감으면 기다리고 있었다는 듯 눈앞에 닥치는 두 개의 동그란 물체. 정체를 알 수 없는 그 동그란 것들. 그 안은 눈이 멀어버릴 만큼 검은 것으로 꽉 채워져 있다. 검은 물이 소용돌이치다가 한순간에 딱딱하게 굳어 번들거린다. 때로 세포분열을 하는 생물체처럼 여러 개로 나뉘어 꿈틀대다가 갑자기 뭉쳐지며 바퀴처럼 빠른 속도로 돌아가기도 한다.

이게 대체 뭘까.

악, 소리만 지르면 꿈에서 깰 수 있다. 소리는 쉽게 나와주지 않는다. 다행히 바로 옆에 남편이 있다. 나는 그를 향해 손을 뻗는다. 그에게 다가가려 하지만 손가락 하나 움직여지지 않는다. 나는 그를 향해 소리 지른다. 나를 깨워줘. 제발 나 좀 도와줘. 안간힘을 써보지만 목소리가 나오지 않는다.

꿈을 꾸고 나면 숨을 크게 들이마셨다가 내뱉는다. 가슴이 조금 뚫리는 것 같다. 그러나 모든 사람들이 그렇듯이 나도 내가 숨을 들이쉬고 내쉬는 것을 의식적으로 헤아리며 살지는 않는다. 그래서 항상 가슴이 답답하다. 가끔 의사가 가르쳐준 요가를 떠올린다.

"바닥에 반듯이 누워 천장을 똑바로 보세요. 그런 다음 온몸에 힘을 빼세요. 그런 다음 왼쪽 발을 들어올려 털면서 나는 죽었다, 나는 죽었다, 하고 소리 내서 말하세요. 그다음, 오른쪽 발을 들어올려 똑같이 합니다. 왼쪽 팔과 오른쪽 팔의 순서로 반복하세요."

나는 요가는 하지 않고 그 주문같이 들리던 말만 따라해본다. 시장을 가다가, 청소를 하다가, 밥을 차리다가, 갑자기 그 주문이 떠오르면 혼자 중얼거린다.

"나는 죽었다. 나는 죽었다."

그러다 보면 그 의사를 다시 찾아가고 싶은 생각이 든다. 그러나 막상 가려고 하면 마음이 내키지 않는다. 병원에서 타온 약은 아무 소용이 없다. 처음 하루는 무심코 먹어서인지 잠을 잘 잔다. 그다음 날은 이걸 먹고도 꿈꾸면 어쩌지, 해서인지 어김없이 두 개의 눈이 나타난다. 이제 나는 꿈을 꾸든 말든 상관하지 않는다. 실컷 놀다 가라고 내버려둔다.

그날 밤, 집에 갔을 때 남편은 자고 있었다. 밤늦도록 오지 않는 나를 기다리며 방 안을 왔다 갔다 하고, 행여나 올까 현관문을 열고 내다보고, 복도를 서성대는 그의 모습을 상상했던 나는 왠지 허탈해졌다. 나는 곧 잠들었고, 꿈을 꾸었다. 현실에서 전속력으로 달리는 것과는 반대로 꿈속의 차는 손에 잡힐 듯이 천천히 가라앉고 있었다.

죽으면 안 되는데, 안 되는데.

허우적대다가 깨어났다.

다음날 그와 나는 가벼운 말다툼을 했다. 왜 안 먹겠다는 거야? 그가 말했다. 취하기 싫어. 내가 대꾸했다. 누가 취하도록 먹으래? 적당히 먹으랬지. 그의 말이 짜증스럽게 들려왔다. 그가 좋아하는 적당히, 라는 말이 나오기 직전까지 우리는 그가 사온 맥주 캔을 앞에 두고 먹어, 안 먹어, 옥신각신하고 있었다. 별로 중요하지도 않은 것을 가지고 티격태격하고 있는 게 마음에 들지 않았다. 나는 기왕 싸울 거라면 폭발하듯 싸우고 싶었다. 뭔가를 박살내버리고 싶었다. 나는 적당히 마실 거라면 아예 한 방울도 먹고 싶지 않아. 예전부터 늘 느껴왔던 것인데 나는 그 적당히, 라는 말과 어쩐지 친해지지가 않았어. 그게 내 한계였어. 나는 적당히 살기보다는 차라리 죽음을, 하고 자살해버릴 수도 있어. 그래서 난 운전을 배우지 않아. 운전을 배우게 되면 나는 분명히 과속으로 달리다가 절벽으로 뛰어내리고 말 거야.

내 마음속에 있는 말들을 그에게 다 할 수 있으면 얼마나 좋을까. 악몽이 뭔지도 모르는 남자가 이해할 수 있을까. 악몽이 뭔지도 모르는 남자랑 살고 있다니. 나는 하고 싶은 모든 말들을 꿀꺽 삼켰다. 적당히 취한 그가 침대 위에 누운 채 불을 껐다. 자자. 검은 머리가 파뿌리가 될 때까지.

남편은 자고 있을까.

아무도 없는 집에 울리고 있을 남편의 코 고는 소리와 잠꼬대 소리가 들리는 듯하다. 어두컴컴한 방에 퍼지는 알 수 없는 소리들. 누군가와 싸우고 욕하는 소리들. 회사에서 못한 말을 꿈속에서 하고 있을까. 식은땀을 뻘뻘 흘리며 악몽을 꾸고 있을까. 골치 아플 때는 코미디가 최고야. 그냥 웃고 치워버리는 거야. 그의 말과는 달리 코미디를 보며 웃는 것을 나는 한 번도 본 적이 없다. 혹시라도 내가 나가는 것을 알고도 모른 체하고 있다면 조금만 더 모른 체해주기를 진심으로 바란다. 설사 그가 알고 있더라도 나는 겁날 것도 없다. 낮에는 빨래하고 청소하고 밥도 짓고 반찬도 만들다가, 남편이 오면 함께 밥 먹고, 남편이 자자고 하면 함께 자고, 남편이 잠든 시간에 잠깐 바람 쐬러 나온 게 잘못이라고 한다면 나는 가정주부가 해야 할 역할에 최선을 다했다고 따질 것이다. 나름대로 무지 노력했다고. 어느 날 나는 문득 더 이상 밖으로 나오려고 애쓰지 않는 나를 발견하게 될 것이다. 현실같이 선명한 꿈도 꾸게 될 것이다. 남편과 함께 건강하게, 오래오래, 행복하게 살고 싶다. 그런데 누가 나를 불러낸 거지?

그때 운전기사가 차문을 연다.

"지루하시죠, 음악 좀 틀겠습니다."

라디오를 틀자 노래가 흘러나온다. 차문을 닫으려는 운전기사를 불러 세운다.

"아저씨, 돈 드릴 테니까 빨리 가요."

운전기사가 시동을 건다. 드디어 이륙할 준비를 마친 차가 미끄러지듯 출발한다. 룸미러에 비친 얼굴이 창백해 보인다. 나는 붉은 립스틱을 꺼내 천천히 바른다. 콤팩트로 양쪽 뺨을 가볍게 두드린다. 룸미러 안의 얼굴에 화색이 돈다. 불안해? 그런 거 없는데 자꾸만 눈이 따라오네요. 나는 혼자 중얼거린다. 차가 유흥가의 불빛 사이로 뛰어든다. 불빛이 나를 따라 달리기 시작한다.

요리책을 쓰라고

요리책을 쓰라고.

좋은 말이다. 하지만 아무나 쓰는 게 아니다. 나는 글이라고는 써본 적이 없다. 그건 그렇다 치고 그 많은 요리 중에서 어떤 것을 선택할 것인가. 내가 했던 요리는 헤아릴 수 없이 많다. 요리책을 아무나 쓰는 줄 알아? 나는 거드름을 피웠다. 그니는 나를 어르고 달래다가 화를 내곤 했다.

정퇴하기 전에 요리책을 쓰라고.

아직도 오 년 남았어.

나는 으쓱거렸다.

이 년 남았지 무슨 오 년이야.

그니는 내 말을 믿지 않았다. 삼 년 연장 계약서를 쓰지도 않고 말로만 한 것을 어떻게 믿느냐는 것이다. 갑자기 쫓겨나면 뭐 하고 살 거냐고 걱정했다.

그러니까 요리책을 쓰라고.

걱정하지 말라고, 월급을 안 올려주는 대신 삼 년 연장해준다고 다짐했다고 해도 그니는 막무가내였다.

콘셉을 잡아야 해. 콘셉을.

나는 한동안 콘셉트 타령을 하며 시간을 보냈다. 젊은이들한테 맞출까, 신혼부부한테 맞출까. 고령화 시대가 됐으니 노인들이 힘들지 않게 해 먹을 수 있는 요리는 어때? 노인을 위한 간편 요리를 하는 거지. 노인들한테 노인들이라고 하면 기분 나빠하지. 그럼 할아버지 할머니를 위한 요리라고 할까? 노인한테 할아버지 할머니 하면 안 좋아하지. 나는 그니의 말끝마다 어깃장을 놓았다.

근데 내가 왜 요리책을 써야 해?

자신을 위해 요리를 해봐. 자신이 가장 먹고 싶은 요리. 가장 잊을 수 없는 요리. 가장 생각나는 요리. 가장 맛있게 먹은 요리. 가장 맛없게 먹은 요리도 재밌을 것 같아. 가장 최고급 요리를 쓰는 건 어때. 국제 행사 치른 요리 중에 기억나는 요리. 10가지에서 12가지 정도를 선택해서 요리 이름을 쓰고 레시피를 뽑고 사진을 첨가하는 거야. 이 요리는 이래서 기억나는 요리다, 저 요리는 저래서 다시 해보고 싶은 요리다, 하고 스토리를 쓰는 것도 좋을 것 같아.

좋아, 좋아, 다 좋다고. 근데 나는 글을 써본 적이 없다고.

12월 말까지 레시피를 뽑아보자.

그니는 요리 대회 응모를 앞두기라도 한 듯 재촉했다. 그동안 했던 요리를 생각해봐. 다시 하고 싶은 요리. 잊을 수 없는 요리. 기억나는 요리를 뽑으면 되잖아. 그런 다음 레시피를 작성하는 거야.

그니의 말은 내가 듣기에 다 똑같은 말이었다.

요리책 쓰고 있어. 쓰고 있다고. 나는 귀찮아서 거짓말을 했다. 그동안 써놓은 걸 가져오라 하면 잊어버렸다고 둘러댔다. 컴퓨터에 저장한 게 날아가버렸다고. 그니는 몹시 아쉬워했다.

한번은 그니가 나에게 노트와 볼펜을 건네주었다. 그니가 하는 말을 가만히 들어보니 내가 요리책을 썼다고 공표하라는 말이었다. 나는 왜 그래야 되냐고 물었다. 그니는 무슨 일을 시작하기가 두려울 때는 이미 그 일을 했다고 사람들에게 말해버리라고, 그러면 할 수 있다는 말을 책에서 읽었다는 것이다. 나는 그래봤자 아무 소용없다는 말은 하지 않았다. 내가 요리책 쓰기를 진심으로 바라고 있다고 생각했기 때문이다.

그니는 자기가 불러주는 대로 받아 적으라고 했다. 먼저 부하 직원들에게 말했다. 여러분, 이것은 내가 쓴 요리책이다. 이 책이 요리하는 데 도움이 되길 바란다. 그다음에는 아이들에게 말했다. 아이들아, 드디어 아빠가 요리책을 썼다. 이 요리책은 아빠의 인생이 담겨 있는 책이다. 아빠는 이렇게 열심히 살았다. 그리고 친구들을 불렀다. 친구들아, 내가 이번에 요리책을 냈거든. 이 책을 가져가서 니들 와이프한테 내가 선물했다고 전해라. 그 외 형, 형수, 누나, 친척들, 제가 만든 요리책이 나왔어요. 이 책을 참고하면서 요리해보세요. 그리고 아직 있지도 않은 미래의 며느리며 사위까지 들먹이며 줄줄 읊고 있는 걸 물론 나는 받아쓰지 않았지만 왜 이렇게 생생하게 기억이 나는 거지.

내가 요리책을 쓴다면 직원들도 나에 대해 존경하는 마음을 갖게 될 거라던 그니의 말도 생각난다. 형도 누나도 동생을 자랑스럽게 생각할 거고 조카들도 삼촌을 멋있게 볼 거라고 나를 부추겼다. 요리를 한다고 나를 은근히 무시하던 친척들에게 요리책을 선물하자고 의기양양하게 말했다.

어느 대학교 여름 방학 직장인 영어 교육에 참가했을 때, 요리사가 왜 영어 공부를 하냐고 누군가 묻던 기억이 난다.

말 그대로 하루아침에 시대가 바뀌었다. 프라이팬으로 얻어맞고 뺨 맞고 구둣발로 걷어채며 배우던 요리를 대학에서 배우고 유학 가서 배우는 시대가 온 것이다. 요즘 티브이에 나와서 요리한답시고 떠들고 있는 얼굴 반반한 인간들, 내 밑에서 셰프, 셰프, 하며 굽실거리던 인간들이다. 셰프, 라는 말을 들으면 내 자신이 높은 자리에 올라간 것 같은 기분이 들면서 그 말을 은근히 즐겼던 것 같다.

실력 하나 없는 것들이 까불고 있구먼. 빙신들.

내가 티브이를 보며 욕을 하면 그니는 말했다.

그 시간에 요리책을 쓰라고.

나는 요리책을 안 쓰려고 온갖 거짓말과 핑계와 변명과 자기 합리화를 했고, 그니는 나를 설득하고 회유했다. 그런 것쯤에 굴복할 나였다면 수많은 동기생들과 선배들을 물리치고 특급호텔의 셰프가 되지 못했을 것이다.

내가 요리를 잘해서 셰프가 된 건 아니다. 말하자면 직원들 관리 능력을 인정받은 것이다. 요리계에 발을 들여놓은 이상 요리는 배우면 되는 것이고, 그보다 더 중요한 건 몇백 명의 직원 관리 능력이다. 내가 모범직원상을 받고 세컨드 쿡에서 퍼스트 쿡으로 진급하자 선배는 별것도 아닌 일로 정강이를 걷어찼고, 동기들은 돈 주고 진급했다고 헛소문을 퍼뜨렸다. 그 속에서도 살아남은 내가 아닌가. 온갖 중상모략에도 굴하지 않고 꿋꿋하게 버텨온 대가로 셰프가 된 것이다.

요즘 어떤 요리가 많이 나가나. 손님들은 뭘 좋아하시나. 어떤 요리가 안 나가나. 왜 안 나가나. 이런 요리들은 일단 시식이 필요하다.

쇠고기 안심 웰링턴 요리, 마저럼 허브 향을 풍기는 송아지 안심 요리. 이런 명품 요리들은 값이 워낙 비싸 우리나라에서는 팔지도 않았다. 누군가의 한 달 월세가 내 혀끝에서 녹아내린다고 동기들은 말했다. 그 말에 화답이라도 하듯 에펠탑의 불빛이 반짝거렸다. 나는 여기가 말로만 듣던 프랑스냐고, 우리나라보다 화장실 문화가 형편없다고, 그런 쓸데없는 말을 지껄이면서 유유자적 식사를 했다. 요리사들이 상어를 직접 분해해서 상어 알을 꺼내 즉석에서 요리한 것을 먹기도 했다. 상어 알 중에서도 최고로 치는 벨루가의 짭조름하면서 구수하고 비릿한 향이 코끝에 감겨오는 듯하다. 그때 함께했던 동기들은 뭘하고 있을까. 내가 셰프가 되자 그 자리에서 나를 끌어내리려고 모함하고 투서하던 동기들을 나는 오히려 해외 출장을 보내주었다. 고맙다고 굽실대던 인간들은 이제 나를 찾아오지도 않는다. 아이들도 자기들 살기 바빠 얼굴 본 지 오래인데 남들이야 당연한 거지.

송로버섯에 오리 간을 곁들인 쇠고기 안심 스테이크. 나는 눈을 지그시 감고 요리를 한다. 냉장고를 열어 쇠고기를 꺼낸다. 칼을 쓱쓱 갈아 마블링이 가장 많은 부위를 자른다. 허브 소금과 검은 통후추를 살살 뿌려 오일을 발라 한 시간 정도 숙성시킨다. 고기 표면에 십자 모양을 내고 센 불에서 굽다가 서서히 불을 줄여준다. 붉은색의 육질이 연갈색으로 익어간다. 프라이팬에 버터를 넣고 다진 양파를 볶다가 코냑을 살짝 붓는다. 불이 확 일어난다. 오리 간을 볶아 둥근 접시에 깔고 스테이크를 올린다. 고기 위에 얇게 썬 송로버섯을 올린다. 비싸고도 귀하디귀한 송로버섯의 구수한 향이 코끝을 찌른다. 나는 식탁에 앉아 의자를 끌어당겨 반듯한 자세로 앉는다. 냅킨을 목에 두르고 나이프와 포크를 든다. 칼질을 하는 순간 연붉은색 육즙이 흘러나온다. 향긋한 고기 냄새가 난다. 포크로 살점을 살짝 찍어 입안에 넣고 꼭꼭 씹는다. 부드럽게 씹히는 오리 간과 송로버섯의 구수한 향이 입안 가득 퍼진다. 뒤이어 소고기 안심 스테파니와 마데이라 와인 소스. 소고기 스테이크에 소스를 골고루 발라준 뒤 밀가루 반죽을 빚는다. 반죽을 넓게 펴서 스테이크를 올리고 크림을 넣은 달걀노른자를 발라준다. 표면이 노란색으로 변한 스테이크를 오븐에 넣고 굽는다. 노란색의 반죽이 황금색으로 변한다. 쇠고기 스테이크를 접시에 담고 나이프로 자른다. 소고기 향과 거위 간의 향이 어우러진다. 갖은 야채와 소고기를 다져서 푹 우려낸 콩소메 수프를 한 입 떠먹는다.

요리를 시식하다 보면 나도 모르게 매번 과식하고 만다. 책상 위에 다리를 올리고 졸다가 직원이 볼세라 놀라 일어난다. 잠을 깨기 위해 지하에 있는 사무실을 벗어나 로비 라운지로 올라간다. 시원하게 폭포수 떨어지는 소리가 들리고 음악이 흐른다. 샹들리에가 번쩍이는 연회장에는 연예인들이 가득하다.

프랑스 식당, 이태리 식당, 중식당, 일식당, 한식당. 베네치아, 라세인, 프린스유진, 모모야마, 무궁화, 스카이라운지.

어느 업장을 가든 입구에서부터 나갈 때까지 부하 직원들이 허리를 굽혔다. 그 바람에 나도 모르게 어깨가 올라가는 것을 나만 모르고 있었다. 집에 가서도 손가락 하나 까딱하지 않고 이거 저거 시키기만 하는 나를 보고 그니가 면박을 줄 때도 몰랐다.

정신 차려. 여기 호텔 아니거든.

회장의 말투, 전무의 말투, 이사의 말투가 내 입에 배어 있는 것도 몰랐다. 어느 날 번쩍거리는 엘리베이터 문 앞에 비친 내 모습을 보았다. 내가 만든 요리를 시식한 회장이 못마땅해하며 뭔가를 지시할 때 짓는 표정과 흡사했다. 전무나 이사가 화를 내고 난 후의 표정과도 비슷했다. 저게 뭐야. 나는 놀라지도 않았다. 얼굴에는 윤기가 자르르 흐르고 참치 뱃살처럼 뽀얀 게 분장이라도 한 것 같았다. 스물여섯 살에 입사했을 때 군살 하나 없이 날씬했던 모습이 아니라 살찐 돼지 한 마리가 서 있었다. 피죽도 못 얻어먹은 것처럼 비쩍 마른 것보다는 두툼하게 살집이 올라 있는 게 뭔가 있어 보였다.

나는 나에게 없는 부분을 하나하나 만들어나갔다. 회장님처럼 아랫입술을 툭 내밀어 윗입술과 힘주어 꾹 맞대면 일명 '툭나발'의 형상이 만들어졌다. 티브이를 보면 국회의원들같이 말 많고 잘난 체하는 인간들이 다들 툭나발을 하고 있었다. 예전에 내가 요리사들과 함께 티브이 출연을 했던 적이 있다. 녹화가 끝나고 방송을 보았더니 내 얼굴이 부하 직원들에 비해 분량이 적게 나왔다. 내가 툭나발을 하고 있어서 카메라 렌즈가 다가오다 피해 갔다는 말을 뒤늦게 듣고 황당했던 적이 있다.

나는 특별히 명품 요리에 입맛이 길들여져 에너지가 입으로만 모이는 것 같았다. 입이 점점 튀어나오면서 쉴새없이 말이 흘러나왔다. 직원들한테 일러줄 말이 너무 많았고, 집에 가서도 훈계할 말이 넘쳐났다. 그리고 뭔가를 계속 먹었다. 과식한 탓에 화장실을 들락거렸다. 어느 때는 먹는 것을 직업으로 삼은 것에 대한 회의가 밀려왔다.

요리가 좋아서 시작한 건 아니었다. 먹고살기 위한 수단이었다. 우연히 사주팔자에 '식'자가 들었다는 길거리 점쟁이 말을 들었다. 나는 고개를 끄덕거렸다. 어려서부터 사람들에게 식탐이 있다는 말을 들었다. 사람들과 밥을 먹게 되면 나도 모르게 맛있는 것을 혼자 다 먹어버려 눈총을 받기도 했다.

누군가는 살기 위해 먹는다고 하지만 나는 먹기 위해 산다고 생각하는 사람이다. 그런 내가 찬바람이 부는 거리에서 리어카를 벗 삼아 물리도록 사과만 씹고 있었다. 이 계절이 지나면 사과 장수를 그만두고 다른 일을 해야지, 하면서도 마땅한 일거리를 찾지 못해 흠집 난 사과만 골라내고 있었다. 길 건너편에 짓고 있는 빌딩은 계절이 바뀔수록 한 층 한 층 높이 올라가는데 나는 지금 길바닥에서 뭐하고 있는 거지. 나는 고개를 들고 하늘 높은 줄 모르고 올라가는 빌딩을 바라보았다. 우리나라에서 내로라하는 기업에서 호텔을 짓고 있었다. 바람에 현수막이 펄럭거렸다. '특급호텔창립멤버모집' 글자를 읽는 순간 온몸에 소름이 끼쳤다. 저기서 나를 부르는구나. 나도 저기에 갈 수 있겠구나. 가슴이 터질 것 같았다. 요리를 배우자. 맛있는 요리를 먹고 살자. 사과 장수를 그만두고 이력서를 냈다. 고등학교 졸업. 그것이 다였다. 호텔은 나를 받아주었다.

호텔 창립멤버로 들어가 주방 바닥부터 기어서 올라갔다. 요리사 보조인 헬퍼에서 서드 쿡으로, 세컨드 쿡으로, 퍼스트 쿡으로 진급에 필요한 공부도 했다. 전문대에서 대학으로, 대학에서 대학원으로 칠 년을 공부하는 사이 직급도 점점 올라갔다. 그때는 남자 요리사가 내세울 만한 직업이 아니라서 은근히 숨겨야 했다. 누가 물으면 호텔 직원으로 근무한다고 얼버무렸다. 그런데 시대가 바뀌면서 요리사가 뜨게 된 거다. 주방장이 되고 셰프가 되자 방송국에도 불려 나갔다.

한번은 대학에서 강의를 하고 있는데 누군가 교실 문을 똑똑 두드렸다. 문을 열자 카메라가 내 얼굴을 비췄다. 회사로 갔더니 대학에 강의를 나갔다고 해서 거기까지 찾아온 거라고 했다. 조리학과 학생들이 환호성을 질렀다. G20 정상회담 만찬을 준비했던 일화에 대해서 말씀해주십시오. 에이펙 행사에서 각국 정상들이 기피하는 음식이 있었다면서요? 우리나라 음식 발전에 대해 한말씀 해주시죠. 이런저런 질문이 쏟아졌고, 내가 무슨 말을 한지도 모르게 인터뷰가 끝났다. 나중에 방송을 봤더니 말끝마다 흠흠, 헛기침을 하고 나서 툭나발을 하고 있는 게 아닌가.

내 말 한마디에 몇백 명의 직원이 비상이 걸리고 가는 곳마다 굽실대며 나를 맞으니 내 턱이 치켜 올라갔던 것인가. 집에 와서도 배를 내밀고 허리춤에 손을 올리는 것은 기본이고 다리를 쩍 벌리고 서서 훈계를 한 뒤 툭나발을 하는 것이다.

퇴근해서 집에 들어오면 집구석이 손바닥만 하게 보였다. 콧구멍만 한 거실 바닥에는 애들이 어질러놓은 장난감으로 발 디딜 틈이 없었다. 유리창에 쌓인 먼지, 식탁보에 묻은 김치 국물, 어질러진 신발들, 이런 것만 눈에 들어왔다. 손가락으로 먼지를

쓱 쓸어 그니에게 보여주었다. 이게 뭐냐, 왜 이렇게 지저분하냐, 집에서 뭐하고 있냐고 화를 냈다. 맨날 된장국에 김치찌개만 먹게 하냐고, 다른 요리 좀 개발해보라고.

호텔에서 좋은 것만 보고 좋은 음식만 먹다 보니 뭔가를 착각하나 보지.

그니가 투덜거렸다. 셰프가 되고부터는 그니가 조금만 잔소리를 해도 속이 부글부글 끓어오르고 트림이 픽픽 터져 나오고 배가 아프고 똥이 마려웠다.

우리도 맛있는 거 먹자. 우리도 좀 해주라. 우리도 좀 먹자.

내가 어쩌다 쉬고 있으면 그니와 애들은 노래를 불렀다.

내가 요리하는 건 직업이야 직업. 회사에서 하루 종일 요리하고 왔는데 집에까지 와서 하란 말이야.

나도 집에서만큼은 쉬고 싶었다. 말단 직원일 때는 퇴근 후 권투 도장에 가서 샌드백을 치며 스트레스를 풀었고, 셰프가 되고는 골프 치며 스트레스를 풀다가 그도 시들해져서 소파에 드러누워 티브이를 보았다. 나도 쉬어야 에너지를 충전해서 회사 가면 열심히 일할 게 아닌가.

사랑하는 가족에게 요리해줄 생각하면 행복하지 않아?

그니의 말도 듣기 싫었다. 나는 쉬지도 못하고 일하는데 자기들만 생각하는 식구들이 미웠다. 내가 누구 때문에 이 고생을 하는가 싶었다. 남들 다 쉬는 날 쉬어본 적 있어? 어린이날이나 크리스마스에 가족과 함께 지낸 적 있어? 그렇게 말하는 식구들이

야속했다. 나는 남들이 쉬는 날도 일하면서 스트레스 받는데 같이 놀아주지 않는다고 칭얼대는 아이들도 미웠다.

우리도 스테이크 먹고 싶다. 해물 리소토도 먹고 싶다. 스파게티도 먹고 싶다. 양송이 수프도 먹고 싶다. 해주면 안돼요, 네? 먹고 싶어요. 아빠, 해주세요. 네?

아이들은 끊임없이 졸라댔다.

좀 해주지그래. 애들이 먹고 싶다잖아.

그니까지 합세해서 아우성이었다.

집에서는 요리해봤자 그 맛이 안 난다고. 재료도 없고 조리 기구도 없고 아무것도 없잖아.

오븐에서 하면 되잖아. 좀 해주지그래. 응? 애들이 이렇게 애원하잖아.

마누라까지 애들처럼 징징대는구먼.

가정용 오븐은 온도가 낮아서 원하는 대로 맛을 낼 수가 없다고. 요리만 한다 해서 되는 일이 아니고 조리 도구, 조리 기기, 불의 강약 조절, 이런 게 필요하다고. 요리를 하는 데 맞는 시설들이 다 갖춰져야 요리 맛을 낼 수 있다고.

그럼 돼지갈비라도 사 먹으러 가자. 돼지갈비. 돼지갈비.

아이들은 새끼 돼지마냥 꽥꽥거렸다. 큰아이 졸업식 때도 그랬다. 졸업식이 끝나자 식구들은 돼지갈비 먹으러 가자고 노래를 불렀다. 나도 웬만하면 식구들과 함께 외식을 하려고 했는데 식당에 들어서는 순간 구역질이 날 것 같아 도로 나오고 말았다.

식당 안은 사람들로 우글거렸고 불판은 더러웠고 돼지고기 타는 냄새가 가득 차 있었다. 그 지저분한 데서 먹느니 집에서 김치찌개를 끓여 먹는 게 낫지.

생각을 해보라고. 내가 그딴 게 먹고 싶겠냐고.

식구들은 왜 이렇게 나를 괴롭히는 것일까. 나를 좀 가만히 봐두면 안 될까. 내가 회사에서 일하다가 쓰러지면 다들 굶어 죽는다고. 나는 티브이 앞에서 꼼짝하지 않았다.

당신은 내가 죽어도 다음날 티브이 보며 웃고 있을 거야. 티브이 보는 시간에 요리책을 썼으면 열 권도 넘게 썼을 거야.

그니가 빈정거렸다. 나는 티브이를 보는 게 아니라 쉬고 있는 것인데. 그냥 쉬고 있을 뿐인데. 평생 나를 괴롭히는구먼. 사실 그니가 요리책을 쓰라고 한 건 애들이 아주 어릴 적부터였다.

요리책 쓰고 있는 거지. 얼마나 썼어. 좀 보여줘봐. 쓰고 있는 거지? 요리 사진 찍은 거 가져와봐. 같이 보고 의논하자.

이렇게 속 편한 소리만 지껄이고 있으니 내가 회사에서 되는 일이 없지. 내가 하루 종일 요리만 하고 있는 줄 알아? 안팎으로 행사가 밀려 눈코 뜰 새가 없다고. 짜네, 싱겁네, 이물질이 있네, 배탈이 났네, 손님들은 컴플레인 내고, 직원들은 서로 경쟁하느라 못 잡아먹어 난리 친다고. 사장한테 불려가 욕먹고, 이사한테 불려가 욕먹고, 전무한테 불려가 욕먹는다고. 이런 와중에 내가 사진 찍을 새가 어딨다고 들들 볶냐고. 회장 식구들 와서 밥이라도 먹게 되면 비상 걸려 하루 종일 스탠바이 한다고. 전라도 식당에서 먹었던 김치 먹고 싶다고 회장 부인이 한마디 하면 말이 떨어지기 무섭게 서울에서 전라도 식당까지 가서 김치 사와야 한다고. 국회의원들이 당 대회를 한다기에 갔더니 산중턱에 텐트 쳐놓고 자기네끼리 연설하고 있었다고. 비까지 오는데 산중턱까지 뜨거운 음식 나르느라 다리가 후들거리고 진땀이 쏟아졌다고. 나는 이렇게 밖에서 생고생을 하는데 집 안에 가만히 앉아서 배부른 소리만 하고 있다고. 나도 회사 가서 돈 버느라고 스트레스 받아서 머리가 깨질 지경이라고.

나는 고래고래 고함을 질렀다. 요리책을 쓰려면 니가 쓰라고. 너야말로 평생 애들 밥해주고 반찬 해주고 요리를 했으니까 쓰려면 니가 쓰지 왜 나한테 쓰라는 거냐고. 왜 나를 괴롭히냐고. 왜 나를 미치게 하냐고. 나는 뱃속 깊이 힘을 모아 소리를 질렀다. 목이 아파 캑캑거렸다. 그럼에도 불구하고 그니는 말했다. 요리책을 쓰라고.

나는 그니를 피해 다녔다. 거실에서 안방으로, 안방에서 화장실로, 화장실에서 작은방으로, 작은방에서 주방으로, 주방에서 현관으로, 현관에서 밖으로. 나는 혼자 있고 싶었다. 그니도 애들도 다 귀찮았다. 때마침 발령이 났다. 지방에 짓고 있던 계열사 호텔이 완공되어 서울에서 오는 직원을 특별 우대했다. 기숙사도 마련되어 있었고 먹을 것도 걱정할 것 없었다. 그니에게는 생활비나 조금 주었다. 카드는 주고 싶지 않았다. 요리책을 쓰라고 잔소리할까 봐 이 핑계 저 핑계 대며 전화도 받지 않았다. 요리해달라고 꽥꽥거리는 애들도 없고 요리책을 쓰라는 마누라도 없어 천국이 따로 없었다. 이제야 내 꿈을 마음 놓고 실현할 수 있겠다는 생각이 들었다. 나는 거의 회사에서 살다시피 하며 일했다. 시간 외 작업은 물론 밤샘 작업도 마다하지 않았다. 그렇게 노력한 결과, 내 꿈을 성취할 수 있었다.

집에는 일 년에 한두 번 갔나. 애가 며칠 동안 열이 펄펄 끓는다고 해도 갈 수가 없었다. 학부모를 모셔오라고 해도 어쩔 수 없었다. 학교에도 집에도 갈 수 없었다. 나도 일하느라고 힘들었다. 이곳 행사가 얼마나 많은지, 회식이 얼마나 많은지 몸이 둘이라도 부족했다. 시간만 나면 전 직원들 위생 교육과 조리 방법을 가르쳤다. 국내 요리를 살피고 각 나라의 요리를 벤치마킹했다. 정말이지 나도 힘들었다고. 그렇게 십 년 남짓 보내고 나니 돼지갈비 사달라고 조르던 아이들은 훌쩍 자라서 독립했고, 텅 빈 집에 그니 혼자 남아 있었다. 둘이 다시 합쳐 사는데 그니는 말했다. 요리책을 쓰라고.

정말 끝까지 이럴 거면 도로 서울 가서 혼자 살아. 대통령도 알아준 나한테 왜 그따위 요리책이나 쓰라고 하냐고. 왜. 내가. 누굴 위해서.

정 그렇다면 나를 위해 요리책을 쓰면 안 될까. 어떤 요리를 하는지, 나에게라도 알려주면 안 될까. 특급호텔의 셰프를 아무나 하는 게 아니잖아. 셰프가 쓴 요리책이잖아. 아이들도 아빠가 자랑스러울 거야. 마지막에 그니는 나를 구워삶으려 했다.

정퇴하기 전에 요리책을 쓰라고.

아직도 오 년 남았다니까.

나는 자신만만했지만 결국 삼 년 연장은 말로 끝나고 말았다. 평생을 바쳐 헌신했던 회사는 그만두는 날로부터 남남이었다. 심혈을 기울여 가르쳤던 수많은 후배들도 연락이 없었다. 자식들은 자기들 살기 바빴고, 형제 또한 소원해져서 내가 밥을 먹는지, 죽을 먹는지, 죽었는지, 살았는지 관심도 없었다. 이제 와서 내가 요리책을 쓰든 말든 무슨 상관이 있겠는가.

사실 나는 요리책보다는 자서전을 쓰고 싶었다. 내가 어떤 사람들과 만났으며 어떤 국가적인 행사를 치렀는지 사람들에게 알리는 것이다. 86아시안 게임 기자촌 급식 참여, 88올림픽 급식 운영, 2002년 아시안 게임, 월드컵 조 추첨 요리, 2003년 대구 하계 유니버시티 급식 운영, 2005년 에이펙, 2012년 대구 육상 대회 급식 자문 등등. 나는 웬만한 국가 행사에는 거의 참여했다고 볼 수 있다. 세계 일주를 하며 요리 투어를 한 것도 알리고, 각 나라 음식의 특색, 요리사의 자세, 요리사의 지침, 식탁 예절, 이런 것도 쓰고 말이지. 그런 책은 친척들에게 나누어줘도 좋을 것이다. 잘 만나지도 않는 친척들이지만 그래도 내 자서전을 읽으면 나를 다시 볼 것이다. 호텔 직원들은 나를 롤모델로 삼겠지.

내 사무실에 있었던 그 여자에게 책 한 권 주는 것도 나쁘지 않지. 사무실에서 서류 정리하던 그 여자 말이다. 무슨 보고를 할 때마다 내 눈을 쳐다보며 말하던 게 나를 좋아했던 것 같기도 하다. 안 그러면 뭐하러 그렇게 빤히 쳐다보며 말했겠는가. 그래, 그 여자한테 책 한 권 선물하는 거다. 미스 김, 제가 이번에 요리책을 냈습니다. 혹시라도 책을 보고 전화를 걸어와서 요리를 가르쳐달라고 할지도 모르지. 재료를 직접 사 가지고 집에 와서 요리를 할 수도 있겠지. 그러면 모처럼 집에서 음식 냄새가 나고, 식사를 하면서 요즘 회사는 잘 돌아가는지 물어볼 수도 있겠지. 그 여자가 아직도 셰프 사무실에서 근무하는지 모르겠다. 그런데 왜 갑자기 그 여자가 생각난 거지. 너무 혼자 있어서 그런가. 사람을 안 만나서 그런가.

『스타 쉐프의 자서전』, 혹시 이 책이 잘 팔려서 베스트셀러가 되면 방송국 쇼 프로에서 출연 제의가 오고 잘하면 드라마로 만들자는 제안도 올 것이다. 이 드라마가 떠서 '대장금'처럼 한류 열풍이 분다면 예전처럼 세계 음식 투어를 할 수도 있을 것이다. 현지에서 직접 구입한 재료로 요리 시범을 보이는 거다. 거위 간에 송로버섯과 오렌지를 곁들인 전채 요리. 훈제 돼지 살과 머스크멜론. 광어 수플레와 샤프란 소스. 그 맛이 생각난다. 부드럽게 씹히는 생선 살의 맛과 샤프란의 달콤한 향을 잊을 수 없다. 수온이 낮고 오염이 안 된 알래스카의 생선은 세계적으로 가장 우수하다. 그 나라 요리사들이 광어를 손질하는 모습이 눈에 선하다. 내 키보다 큰 광어를 커다란 도마에 올리고 몸통의 중심을 생선 칼로 길게 긋고 칼집을 깊숙이 넣어 뼈 바로 위까지 살을 발라냈다. 남은 머리와 뼈와 지느러미는 그대로 들어 바다에 던졌다. 다른 물고기들의 양식이 된다는 것이다.

아니 그보다는 청와대에서부터 시작하는 거다. 청와대에서 검식관이 차를 보내 나를 모시러 왔을 때 어깨가 으쓱거렸다. 수프가 제공되고 비프 필레 안심 스테이크를 구우면서 곁들어야 할 소스가 없다는 것을 알았을 때 식은땀이 흘렀다. 대통령께 음식을 내가야 하는데 언제 소스를 만들 것인가. 눈앞이 캄캄했다. 급하게 경호원을 불러 호텔에 가서 수프를 가져오라고 지시하고 그사이 샐러드를 제공했다. 호텔을 향해 가는 경찰차의 비상 사이렌이 귓가에 앵앵거렸다. 소스가 도착해서도 간이 쪼그라들었다. 쇠고기 안심 스테이크 제공이 지연되어 죄송합니다, 라고 대통령께 말씀드렸다. 대통령께서 오늘따라 더 맛이 좋다, 라고 하셨다. 공식적인 행사의 경우 이런 실수가 있었으면 시말서를 써야 했을 텐데 내 요리 실력이 워낙 뛰어났던 거다.

청와대 영빈관 행사 때는 쇠고기 스테파니 표면이 조금 타서 검식관에게 혼나고 발로 정강이를 까였다. 부하 직원에게 지켜보라 하고 화장실에 간 게 문제였다.

미문화원 연말 행사 때는 알등심 덩어리 구이를 홀에서 잘라주는 서비스를 했어야 했는데 주방으로 갖고 들어오는 큰 실수를 저지르고 말았다. 식사가 끝난 줄로 착각했기 때문이다. 당연히 컴플레인이 나서 케이크를 싸 들고 미문화원까지 찾아가 직접 사과했다는 얘기도 쓸까. 이건 좀 내 이미지에 마이너스가 될 것 같다. 그래도 이런 부분도 써줘야 사실적이고 인간미가 있는 게 아닐까.

우리나라에서 최초로 잠수함 건조 진수식 행사에 출장 갔던 일도 빠뜨려서는 안 된다. 대통령이 오시는 바람에 경비가 삼엄했던 걸로 기억한다. 주방 출입문 양쪽에 경찰이 총을 메고 지키고 있어 화장실도 허락 받아가며 작업을 했다. 500인분의 카나페와 핑거 샌드위치를 50개씩 30개 남짓한 쟁반에 담았다. 요리사들과 함께 밤새 한숨도 안 자고 만든 것이다.

스파게티를 삶아서 헹구지 않고 올리브 오일을 발라 식혀서 사용한다는 것도 쓸까. 이건 좀 획기적인 일인데 각종 소스를 끓인 후에 건더기를 갈아서 부드럽게 먹을 수 있도록 시도한 일은 어떤가. 한식 고추장 참기름을 양식에 사용해서 느끼한 맛을 줄여 좋은 평을 받았다는 것도 쓰자. 피자가 맛이 없다고 해서 한 달간 서울 시내 유명한 피자집들을 벤치마킹한 끝에 이태리 식당 오픈 후 삼 년간 우수업장상을 수상했다는 것도 써야겠지.

아시안 게임 급식 전문위원 회의 때, 메뉴 구성에 대한 의견을 냈던 거며 주방 바닥이 나무라서 화재 위험성에 대해 의견을 제출한 것도 호평을 받았다. 호주 시드니 올림픽 선수촌 식당 주방의 동선에 대한 기획을 발표해서 채택된 일이며 외국에 나가 주방에 몰래 들어가 사진 찍다가 화장실로 도망간 사건도 써야겠군. 싱가포르 뷔페식당 벤치마킹을 하려고 사진 찍다가 들켜 혼쭐이 난 사건도 웃지 못할 일이다.

에이펙 행사 유치 때의 일을 책으로 쓴다면 한 권으로는 부족하다. 각국 정상들의 식사 습관이나 특이사항도 흥미롭지만, 나에게 했던 말들은 너무 감동적이라서 일일이 쓰기가 그렇군. 일년 전부터 준비를 하고 하나에서 열까지 모두 내 손을 거치지 않은 게 없다. 인터넷에 내 이름이 뜨고 신문마다 내 사진이 올랐지. 번쩍거리는 호텔 대형 주방에서 요리사들을 모아놓고 행사를 준비하는 사진이 신문마다 대문짝만하게 실렸다. 빳빳하게 풀 먹인 하얀 모자를 쓰고 빨강 파랑 줄무늬의 스카프를 매고 심각하게 의논하는 나의 모습을 신문에서 스크랩해 사무실 벽에 도배를 했다. 계속되는 인터뷰 신청에 정신이 없었다.

외교통상부에서 각국 대사관을 통해 정상들이 어떤 음식을 기피하고 선호하는가를 미리 조사해서 나에게 팩스로 보내왔습니다. 중국 주석은 매운 음식을, 홍콩 정상은 마늘, 파를 먹지 않습니다. 페루는 새우, 해산물을, 태국은 달걀, 파, 마늘, 양파를, 말레이시아는 돼지고기를, 인도네시아는 회와 육회를 기피합니다. 고기를 안 먹는 사람은 너비아니 대신 광어 구이를, 장조림을 안먹는 사람은 호박 나물을 제공했습니다. 신선로가 나갈 때는 소고기 국물 대신 조개 육수로 바꿔 쓰고, 그것도 싫다면 생수를 이용했습니다. 국왕들 및 실무 장관과 차관들 47명이 선호하는음식이 다 달라서 한 사람 한 사람 다 입맛에 맞게 요리하는 게가장 힘들었습니다.

이런 중요한 인터뷰 내용은 당연히 실어야겠지. 에이펙에서 메뉴 구성을 하고 시식 평가단에게 들은 말을 참고해서 양식을 한식으로 변경한 일도 써야겠다. 건국 이래 처음으로 우리나라에서 나오는 식재료를 기본으로 해서 한정식 메뉴를 제공했다. 가장 잊지 못할 일은 신선로 사건이다. 우리나라 사람들이 신선로를 먹을 때는 램프 불을 계속 유지하면서 따뜻하게 먹는 게 기본이지만 에이팩에서는 그 반대로 했다. 신선로를 처음 먹어보는 외국인에게 위화감을 줄 수도 있거니와 불이 위험하기 때문이다. 각 나라의 정상 앞에 신선로를 제공할 때 바로 불이 꺼지도록 장치했다. 수십 번의 리허설을 거쳐 막상 식탁에 놓았을 때 불이 꺼지지 않아 당황했다. 여기에 고려청자를 식기로 사용하게 될 때의 문제와 메뉴 보안에서 식자재 구입, 음식을 먹고 거짓으로 문제를 제기하는 식파라치 사건까지.

이런 것들을 자세히 쓰려면 시리즈물이 되어야 할 것이다. 각국 정상들에 대해 쓰면서 그 나라 음식의 특색도 곁들이면 어떨까. 부록으로 해외 요리 벤치마킹 사례를 덧붙이는 것이다.

화려하고 관광객이 많았던 홍콩은 홀 조명을 약간 어둡게 설치하고 뷔페 음식대를 가장 밝게 해서 음식을 시각적으로 강조해놓았다. 유명한 호텔 식당은 프랑스 스타 셰프의 체인점이 많았다. 세계적인 카지노의 명소 마카오는 연회장이 컸지만 음식은 별로였다. 싱가포르 뷔페식당은 홀 벽에 투명 냉장고를 설치하고 그 안에 식재료를 진열해놓고 고객에게 즉석에서 직접 제공했다. 가장 높은 빌딩 옥상에 식당이 있고 야간 조명이 빛나는 하늘의 식당 태국도 이색적이었다. 바 앞에 작은 침대가 의자 대신 놓여 있고 그곳에 연인들이 끌어안고 누운 채 야경을 보며 술을 마셨다. 호주는 질 좋은 소고기를 자국민이 먹고 그다음 것은 수출했다. 호주에서 최고의 고기 맛을 볼 수 있었다. 알래스카 바닷가에서 물수제비 놀이를 하다가 창피당한 기억이 난다. 물수제비는 바닷속에 살고 있는 물고기에게 스트레스를 준다고 못하게 했다. 그만큼 물고기를 보호하고 있어서 생선의 질이 세계에서 가장 우수하다. 건강보다는 맛이 우선인 프랑스의 고급 식당은 몇 개월 전에 예약을 해야 하고 남성은 정장을 입지 않으면 입장이 안 된다. 그만큼 셰프의 지위가 대단하다는 거다. 식사 시간은 무려 두세 시간 걸리고 뷔페보다도 풀코스가 많았다. 아스파라거스 샤롯데, 젤라틴을 곁들인 거위 간 요리, 오리 간을 곁들인 쇠고기 안심 스테이크. 세계 3대 진미를 비롯해서 최상급은 거의 프랑스 요리다. 영국 도체스 호텔에서 점심과 저녁 사이에 먹었던 애프터눈 티도 생각난다. 마들렌 과자와 스콘과 아이스크림과 샌드위치와 곁들어 먹는 애프터눈 티를 한 모금만 마실 수 있다면 얼마나 좋을까. 차이나타운의 중국 음식도 맛있었다. 입안에서 살살 녹는 상어 지느러미 찜. 구수하고 고소한 게살 수프. 맛보다는 건강식인 동충하초. 각종 맛있는 재료가 들어 있는 불도장과 매콤새콤한 자차이. 오븐에 구운 소고기 버섯 라자냐. 알리오 올리오 스파게티. 리코타 치즈로 속을 채운 삼색 라비올리. 이탈리안 소스를 곁들인 감자 뇨키. 양배추에 향신료를 첨가하여 절인 사우어크라우트. 송아지 고기로 만든 소시지. 치즈 퐁뒤. 여러 가지 해산물과 고기를 쌀에 섞어 돌솥에 넣고 오븐에서 익힌 파에야. 각종 야채로 만든 가스파초 수프……

어디선가 된장국 냄새가 난다. 냉장고 문을 열어보니 먹다 남은 참치캔이 달랑 놓여 있다. 조심스레 뚜껑을 젖혀보니 표면이 딱딱하게 굳어 있다. 오래 묵은 냉장고 냄새가 냉기와 함께 흘러나온다. 내일은 꼭 시장을 봐야지. 냉장고에게 다짐하고 문을 닫는다. 내일은 정말 시장을 가야지. 나는 냄비에 물을 채워 가스레인지 위에 올린다. 팔팔 끓어오르는 물에 라면을 넣고 익기를 기다린다. 그니가 있었으면 시어빠진 김치라도 있으련만. 내가 좋아해서 늘 식탁에서 빠지지 않던 젓갈 냄새에 푹 전 몇 년 된 김장 김치……

어두침침한 방에 티브이는 혼자 떠들고 그니의 의자는 텅 비어 있다. 내가 죽어도 다음날 티브이를 보고 있을 거라던 그니의 말은 틀리지 않았다. 이놈의 비는 하루 종일 주룩주룩 오고, 그니는 죽어서도 요리책을 쓰라고 잔소리를 멈추지 않는다. 이제 그니는 가고 없고, 나는 혼자서 라면을 끓여 먹으며 중얼거린다.

그러니까 빙신아 요리책을 쓰라고.

여기, 중마루

"엉망진창에 대해 알고 싶어."

원장의 말에 그들의 시선이 나에게로 쏠렸다.

"저이는 묶여 있는 개가 세상에서 젤 불쌍하대."

원장의 부추김에 그들이 돌아가며 공격했다.

"세상에는 불쌍한 사람도 많은데 왜 하필 개가 젤 불쌍해?"

"묶여 있으니까요."

"생각해봐. 이유가 있을 거야."

"전 원래 묶여 있는 것들에게 민감해요."

"어린 시절에 어떤 상처가 있었나 보지."

"모르겠어요."

"지금 현재 떠오르는 생각을 그대로 말해봐."

"예를 들어서……"

예를 들어…… 나는 문득 창밖으로 고개를 돌렸다. 눈앞에 저수지, 아니 낚시터가 보였다. 물고기들이 불쌍해요. 이내 머릿속에 수족관을 그렸다. 광어, 우럭, 도다리, 낙지, 문어 같은 것들, 뱀장어, 해삼, 멍게……

"갇혀 있는 것들이 불쌍해요."

"왜 갇혀 있는 것들이 불쌍해?"

"묶여 있으니까요."

"누가 나를 공격할까 봐 지금 두려워서 도망 다니는 거지."

"아니오."

"진짜 짜증 나서 못 듣겠네."

참나무가 소리쳤다. 왜 말을 배배 꼬고 지랄이야. 사람이 진심으로 묻고 있는데. 참나무의 말에 나는 당황했다. 지금 저랑 싸우자는 건가요?

그때 활화산이 불쑥 나섰다.

"난 꼼장어 껍데기 벗겨서 그냥 씹어 먹어요. 꿈틀꿈틀한 게 좋아서 그냥 막 팍팍 씹어 먹어요. 해삼을 꽉 쥐고 내장을 쪽쪽 빨아 먹어요."

그녀의 목소리는 도마 위에 오른 물고기처럼 펄떡거렸다.

"횟집을 했는데 엄마가 나보고 잡으라고 해서 수도 없이 잡았어요. 살겠다고 꿈틀거리는 촉감이 손에 전해지면 얼마나 쾌감을 느꼈는지 몰라요. 엄마는 지금 병에 걸렸어요. 엄마는 아프면서도 나에게 모진 말을 멈추질 않아요. 엄마가 아프면서, 괴롭게, 고통스럽게, 오래, 아주 오래 살았으면 좋겠어요."

활화산의 흥분된 목소리가 방 안을 울렸다.

"내가 엄마 때문에 얼마나 주눅이 들어 살았는지 몰라요. 미장원 가서도 어떻게 머리할까요, 하고 물어보면 부끄러워 고개도 못 들었어요. 남들이 나를 밀쳐도 내가 미안하다고 했어요. 그런데 한번은 부딪쳐도 가만히 있으니까 상대가 미안하다고 하더라고요. 나한테 미안하다는 사람도 있더라고요. 그래서 이제 미안하달 때까지 기다려요. 재미가 있더라고요."

"활화산님, 너무 연약해 보여요."

"활화산님, 안쓰러워 보여요."

사람들의 말에 힘입어 그녀의 목소리가 더욱 높아졌다. 여기서도 자기를 불편하게 하는 사람이 있다고 목청을 돋웠다.

"그 사람을 보면 마음이 편치 않아요. 엄청 불편해요."

"그게 누군데?"

그들이 물었다. 순간 그녀가 나를 향해 손가락 총을 쏘았다.

"빵."

이런 행위를 그들은 '작업'이라고 했다.


수련회 첫날, 원장은 이름표를 나누어주며 쓰고 싶은 별명을 쓰라고 했다. 이곳에서는 익명을 사용한다고 했다. 참나무, 활화산, 투덜이, 가정주부, 퇴역군인 등등. 나는 스스로를 '엉망진창'이라고 생각했다. 남편의 전근으로 S시에서 P시로 내려온 지 삼년이 되도록 나는 적응할 수 없었다. 나의 예민한 더듬이는 낯선 곳에 대해 촉각을 세우고 거부반응을 일으켰다. 내 마음은 S에게 있었고 몸은 P에게 묶여 있었다. 나는 나를 극복하고 싶어 P교육 원에서 심리학 강의를 듣게 되었고, '여기'까지 오게 되었다. 그 들은 여기를 중마루라고 불렀다.

여기를 아는 사람은 아무도 없다. 여기는 택시 기사들도 잘 모른다. 터미널에서 내리면 무조건 원장에게 전화해서 길을 물어라. 산이니까 어둡기 전에 미리 가라. 여기를 먼저 다녀온 교육 원생들의 말에 나는 꽤 신경이 쓰였다. 3개월 동안 얼굴을 익힌 교육원생들과 동행했더라면 나 혼자서 낯선 곳을 찾아가야 하는 번거로움을 피할 수 있었을 것이다. 원장에게 전화를 해서 길을 묻고 다시 연락하기로 했다. 터미널에 도착해서 전화를 하자 원장은 계속 통화 중이었다. 택시를 타고 한참 가다 보니 어두컴컴한 길가에서 웬 남자가 손을 드는 게 보였다. 잘 왔어요. 원장의 첫마디였다. 키가 크고 몸집이 커다랗고 완고한 중년 남자를 연상했었는데 어린애 같은 얼굴을 한 자그마한 초로의 남자가 웃고 있었다. 전화할 때 느꼈던 이미지와 너무도 다른 모습에 어쩐지 신뢰감이 가지 않았다. 전직이 목사였는데 몇 년 전에 이혼을 하고 시골에 내려와서 수련원을 운영하고 있다는 말을 교육원에서 들었다. 중요한 건 심리학 수업의 마지막 코스로 여기에서 이박삼일을 보내야만 심리상담사 4급 자격증을 준다는 것이다. 연수원 건물인 줄 알았는데 막상 와서 보니 평범한 시골 주택이었다. 심리상담사와 상담사가 되고 싶은 교육원생들이 한데 섞여 있었다. 모두가 낯선 사람들이었다. 저녁 여덟시. 모두 2층으로 올라가 빙 둘러앉았다.

"자, 이제부터 자유롭게 말하도록 해요. 말하고 싶은 사람은 하고 듣고 싶은 사람은 듣고 자유로운 분위기에서 진행하도록 합시다."

원장의 말이 끝나자 어색한 침묵이 흘렀다. 모두들 생각에 빠져 있는 듯했다. 한참을 기다려도 말이 없었다. 그 누구도 입을 떼지 않고 동상처럼 앉아 있었다. 발이 저려올 무렵 누군가가 입을 열었다. 긴 생머리를 한 삼십대 여자는 상담하기 어렵다고 하소연했다. 윗사람이 사사건건 트집을 잡는다고, 틈틈이 대학원 공부도 해야 하는데 점심시간에 책을 보려고 하면 다른 일을 시킨다며 홀쩍거렸다. 그러자 퇴역군인이 군대 다닐 때 자기를 힘들게 했던 사단장에 대해 얘기했다. 술만 먹으면 밤이고 새벽이고 자는 사람을 깨워서 자기를 데려가라며 귀찮게 굴었다며 거품을 물었다. 아무런 호응이 없어서인지 말이 뚝 끊겼다.

다시 침묵이 흘렀다. 모두가 눈을 말똥거리며 꿈쩍하지 않았다. 무슨 이야기를 하려고 생각하는 중일까. 아니면 누가 말하기를 기다리는 것일까. 먼저 다녀온 교육원생들의 말이 떠올랐다. 뒤늦게 혼자서 여기에 간다는 말을 하자 일러준 말이었다. 말을 하고 안 하고는 자유예요. 차라리 모르는 사람들 앞이니까 말하기가 더 나을지도 몰라요. 어떤 사람은 하고 싶은 말을 참고 돌아와서 입이 퉁퉁 부었대요. 그들의 말을 들으며 나는 그냥 듣고

만 와야지, 했는데 막상 이곳에 오니 무슨 말이든지 하지 않으면 안 될 것 같은 압박감이 가슴을 짓눌렀다. 모두들 내가 입을 열기를 기다리고 있는 것 같았다.

무엇을…… 말하지……

내 머릿속으로 거북이가 엉금엉금 기어가기도 하고 토끼가 깡충깡충 뛰어가기도 했다. 묶인 개가 물끄러미 쳐다보는가 하면 저수지의 물고기들이 유영하기도 했다. 온갖 잡생각이 깜빡거렸다. 시간이 느릿느릿 걸어가다가 내 어깨 위에 걸터앉은 것 같았다. 양쪽 어깨가 뻐근했다.

무슨 말을 할까.

그러자 온갖 잡념으로 들끓던 머릿속이 하얗게 비어버렸다.

"제가…… 말…… 할까요?"

활화산이 얼굴을 붉히며 말했다.

"엄마가 나만 보면 넌 얼굴이 시커매. 넌 얼굴이 못났어. 넌 할 줄 아는 게 아무것도 없어. 이런 말을 서슴없이 했어요. 엄마가 날 무시하니까 가족들도 저를 식모처럼 부려먹었어요. 언니들 밥 해주고 청소하고 빨래하느라 공부도 못했어요. 공장에 다니면서 데모를 하면서 분노를 풀었어요. 저는 쓰레기를 버리러 가도 얼굴에 뭘 바르고 가요. 제 얼굴이 더러운 것 같아요. 아무리 씻어도 더러운 것 같아요. 아무도 내 옆에 오지 않아요."

활화산의 분노에 찬 목소리가 서서히 가라앉았다. 그들 중 누군가는 고개를 흔들었고, 다른 누군가는 고개를 끄덕였다. 또 다른 누군가는 데모를 했다는 활화산의 말에 멋지다고 추어올렸다. 그녀는 얼굴이 벌겋게 상기된 채 사람들을 쳐다보았다. 사람들의 반응을 살피는지 커다란 눈알을 이리저리 굴리고 있었다.

"활화산님은 뭘 해도 잘할 겁니다. 이미지 쇄신을 해보세요. 에너지가 크고 늦게 튀는 스타일이에요. 얼굴도 미인이에요."

원장의 말에 그녀가 배시시 웃었다.

"오늘은 오느라고 수고했으니까 간단하게 소감 한마디씩만 하고 끝냅시다."

원장이 마무리 멘트를 하자 그들이 이구동성으로 말했다. 여기 올 걸 생각하니까 잠이 안 오더라. 여기 와서 너무 좋다. 다 내려놓고 다 풀고 갈 거다.

"다들 내려가십시다. 조촐한 술상을 마련했으니 마음껏 드십시오."

앞서가는 원장을 따라 아래층으로 내려왔다. 나는 술 마시면 폭발하고 말아요. 그래도 돼요? 활화산이 말했다. 그럼요. 역동이 일어나야 자기 안의 참모습이 보이는 거죠. 퇴역군인이 대답했다. 난 술 마시면 새벽 두시에도 옆집 아파트 문을 두들겨요. 얘기하자고요. 외롭다고요. 이제 활화산은 말을 한다기보다 입에서 말이 술술 흘러나오는 것 같았다. 그들이 다 받아주니까, 다 들어주니까.

여자들은 마치 친정에라도 온 듯 선물 보따리를 풀어 술상 위에 올렸다. 감 귤 바나나 피자 등등. 활화산이 내게 다가와서 이만 원씩 걷어서 통닭을 시키자고 제안했다. 우리 둘은 이곳이 처음이라서 모르고 빈손으로 왔잖아요, 하고 말했다. 나는 고개를 흔들었다. 이미 이십팔만 원의 수련 회비를 냈다. 너무 비싸서 불참 의사를 밝혔다가 뒤늦게 오게 된 것이다. 심리상담사 자격증을 따서 돈이라도 벌고 싶은가 보지.

원장이 내 잔에 맥주를 따라주려 하자 나는 술을 끊었다고 말했다. 가지가지 하네. 그들은 한데 섞여 떠들었다. 모두가 즐거워 보였다. 활화산은 술을 마시며 실수할까 봐 연신 걱정했다. 걱정하며 한 잔, 또 한 잔 들이켰다. 그만 마셔야 하는데, 하면서 자꾸 마셨다. 무슨 말인가를 연신 중얼거렸는데 아무도 들어주지 않았다. 그들은 그들끼리 취해서 떠들어대고 있었다. 내 말 좀 들어줘요. 제발 내 말 좀 들어줘요. 활화산의 혀가 꼬여 있었다.

"취했어요. 그만 마셔요."

내 말에 활화산의 얼굴이 일그러졌다. '나는 지금 너 때문에 기분이 무척 나쁘다'라고 쓰여 있었다. 나를 흘겨보다가 눈이 마주치자 얼른 다른 데를 쳐다보았다. 퇴역군인이 활화산에게 술을 따라주며 운동권 노래 한 곡 하라고 부추겼다. 그녀는 부끄러워서 못하겠다고 했다. 아, 막걸리 마시고 젓가락 두들기면 참 좋던데, 하면서 정작 두들기지 못했다. 활화산이 덜 취했다는 증거야. 더 마셔야 돼. 퇴역군인이 자작시를 낭송하겠다면서 노트를 가지고 와서 읽었다. 꿈꾸는 세상의 아침이여 때론 사막의 길처럼 나를 시험하네. 진실이라 말하는 삶 속에도 혼돈의 안개비는 내리네. 괴로움에 지새웠던 하얀 밤들이 영롱한 보석과도 같은 것. 꿈은 아름답고 꿈 향해 걷는 길은 괴롭고도 아름다운 길. 바람 그치고 비 그치고 해맑은 하늘가에 무지개가 뜰 때까지 뚜벅뚜벅 걸어가는 길. 퇴역군인은 노트를 넘기며 자작시를 읽고 또 읽었다. 나는 문득 윤동주의 「쉽게 쓰여진 시」가 생각났다. 인생은 살기 어렵다는데 시가 이렇게 쉽게 쓰여진다는 것은 부끄러운 일이다, 라는 구절을 읊조렸다. 육첩방은 남의 나라…… 뜻하지 않게 내가 그 시의 전문을 외고 있었다. 아무도 모르는 비밀을 몰래 간직한 사람처럼 윤동주의 시를 마음에 품고 화장실에 갔다. 아까부터 요의를 참고 있었다. 화장실 안은 넓었다. 푸른 타일이 깔려 있는 드넓은 화장실에 빗자루와 마대 걸레가 세워져 있었다. 그리고 화장실이 막힐 때 쓰는 도구가 바닥에 내팽개쳐져 있었다. 나는 그것을 일으켜 세워놓기가 싫었다. 세면대는 물때가 끼어 있었고 화장실 바닥은 물곰팡이가 피어 있었다. 머리카락이 수챗구멍을 덮고 있었다. 나는 그것을 치워주기가 싫었다. 사람들이 와르르 웃는 소리가 들렸다.

현관문을 열고 밖으로 나왔다. 털북숭이 개가 나를 보고 낑낑거렸다. 애꾸눈 개가 따라오지 뭐야. 삼십만 원이나 주고 수술시켰어. 원장은 묻지도 않는 말을 했다. 저 애는 상근이야. 티브이 연예 프로에 나와서 유명해진 개 이름을 본 따서 지었어. 저기 문 앞에 있는 애도 유기견이야. 다들 나를 졸졸 따라오더라고. 원장의 말에 나는 이 개들마저도 사람의 환심을 사려는 광고

용이 아닐까 의심스러웠다. 쇠사슬에 묶인 개들이 컹컹 짖었다.

도대체 여기가 어디지.

캄캄해서 아무것도 보이지 않았다. 하늘에 별이 맑게 빛났다. 캄캄해서 더욱 빛나 보였다. 불빛이 환한 거실에서 웃음소리가 들려왔다. 왠지 모를 불안감이 들었다. 나는 남편에게 전화했다. 남편은 전화를 받지 않았다. 하루 종일 업무에 시달리고 피곤해서 자고 있을 것이다. 아니면 통신망이 닿지 않는 깊은 산속 낚시터에 있을 것이다. 쉬는 날 낚시터에 가지 못하면 스트레스 쌓여서 죽겠다는 남편이다.

다음날, 닭 울음소리에 눈을 떴다. 뿌옇게 흐린 창문을 손바닥으로 닦았다. 유료 낚시터의 천막이 저수지를 빙 두르고 있었다. 창문을 여는 순간 어안이 벙벙해졌다. 바로 앞에 낯익은 저수지가 보였다. S시와 P시를 오가는 열차 안에서 보았던 바로 그 저수지가 2층 창문과 마주보고 있었다. 십 년을 주말부부로 왔다 갔다 하다가 아이들이 독립하자 남편이 있는 곳으로 오게 된 것이다. 그는 언제든지 나에게 S시에 가고 싶으면 가라고 했지만 더 이상 남편을 홀로 둘 수 없다.

여자들이 타고 온 색색의 승용차가 마당 가득 들어차 있었다. 원장이 허연 입김을 뿜으며 마당으로 들어섰다. 바구니에 고구마며 푸성귀가 잔뜩 들어 있었다. 목줄에 묶인 개가 원장에게 다가갔다. 분명히 묶여 있는데 원장을 따라다녔다. 자세히 보니 마당 가장자리에 노끈을 묶고 목줄을 걸어두었다. 그래서 개는 노끈을 따라 마당 끝에서 끝으로 왔다 갔다 할 수 있었다.

"개에게도 이만큼의 자유는 필요할 것 같아서."

개가 왔다 갔다 하는 것을 유심히 보고 있는 나에게 원장이 말했다. 그래봤자 개는 묶여 있다. 주인에게 버려져 떠돌아다니다가 여기에 묶이게 될 줄은 상상도 못했겠지. 원장은 가축들에게 먹이를 주고 있었다. 개와 고양이, 닭, 염소, 양, 흑염소, 모든 짐승들에게 개가 먹는 사료를 골고루 나누어주었다. 축사 옆 텃밭에는 서리 맞은 시퍼런 배추들이 기세등등하게 펼쳐져 있었다. 이 배추로 김장하면 얼마나 맛있다고. 원장이 나를 쳐다보았다. 언제든지 와. 방 하나 내줄게. 밥도 먹여주고 잠도 재워줄게.

갑자기 밖이 떠들썩했다. 어제 미처 오지 못한 세 명의 여자들이 도착해 서로 얼싸안고 있었다. 그중에 낯익은 얼굴을 발견했다. 내가 다니는 교육원의 선생이었다. 반가운 마음에 다가가자 선생은 싸늘한 표정을 지으며 모른 체했다. 나는 당황해서 물러났다. 이것도 '작업'인가 싶었다. 여기에서는 이렇게 하나 보지, 하고 생각했다. 나중에 보니 선생은 참나무라는 이름표를 달고 있었다. 참나무는 시종일관 냉정한 표정을 짓고 있었다. 그와는 정반대로 생글거리는 여자가 모두의 시선을 끌었다.

"투덜아, 머리 잘랐구나, 그 긴 머리 어떡하고."

"여기 오려고 머리를 잘랐지. 근데 요만큼은 놔뒀지."

여자가 목뒤에 감춰두었던 머리카락 한줌을 꺼내 보여주었다.

머리카락을 가지런히 모아 가슴 아래로 내려뜨렸다. 그 머리마저 싹둑 자르지 않으면 계속 투덜이 될 거다, 변하고 싶다며? 라고 사람들이 놀리자 여자는 나, 이제 투덜이 하기 싫어, 하고 어리광을 부렸다.

삼십대 초반일까, 중반일까. 하얗고 매끈한 피부. 오목조목한 이목구비. 분홍색 트레이닝복을 입고 아이처럼 입을 벌려 또박또박 발음하는 말투. 만화 주인공 캔디 같은 머리를 하고 있었다. 무릎을 맞대고 다리를 뒤로 뻗고 앉은 모습도 어쩌면 저렇게 아이 같을까.

"중마루에 오면 어린애가 돼요."

여자가 또박또박 말했다. 앉은 자세가 불편한지 다리를 앞으로 쭉 뻗고는 발가락을 꼼지락거렸다. 사람들이 말없이 여자의 발가락을 쳐다보았다. 원장도 한참 쳐다보다가, 왜 발가락을 꼼지락거려, 하고 어린애 야단치듯 말했다. 발가락 운동하는 거예요. 여자는 야단맞은 아이처럼 입술을 삐죽거렸다. 그러더니 벌떡 일어서서 원장님은 이거 할 줄 알아요? 하고 두 팔을 위로 활짝 벌렸다. 순식간에 팔을 아래로 내려 손바닥으로 바닥을 짚는 자세를 취했다. 번쩍 들린 여자의 엉덩이가 원장의 코앞에 바짝 붙어 있었다. 바지가 당겨져서 미끈한 허리가 드러났고 엉덩이에 팬티 자국이 선명했다. 참으로 민망한 자세였다. 여자는 한동안 그 자세를 풀지 않았다. 누구 하나 여자를 말리지도 않았다. 서로 웃고는 있었지만 웃음 뒤에 어색함을 감추고 있었다. 원장은 애써 딸의 재롱을 보는 아비같이 너그럽고 흐뭇한 미소를 짓고 있었다. 다들 안 그런 척 웃고는 있었지만 어색한 눈길을 서로 주고받았다. 이윽고 여자가 자세를 풀더니 바닥에 털썩 앉았다.

"투덜아, 너 여기 왜 왔어?"

누군가가 어린애 어르듯이 물었다.

"음…… 깨달으러 왔지."

그녀가 진지하게 대답했다. 여기 왔으니까 머리부터 발끝까지 깨닫고 가야 해. 여기서 깨닫지 않으면 절대로 모르지. 그러면서 손가락으로 자기 가슴을 가리켰다.

"깨달으려면 어떻게 해야 하지?"

누군가 다시 물었다.

"음…… 술 먹고 고삐 풀려봐야 되고 술 먹고 자발적으로 클럽 가야 되고 음……"

그녀가 심각한 표정을 지었다. 가슴과 머리를 번갈아 가리키며, 여기서 여기 가는 거요, 참 쉬우면서도 어려운 것이에요. 설명하기가 힘들어요, 하며 고개를 갸우뚱거렸다.


"작업 시작해."

원장이 말했다.

첫날, 숨통을 조이던 침묵이 이틀째는 조금 느슨해진 기분이 들었다. 침묵이 이어지자 원장이 다리를 뻗어 요가 자세를 취했다. 두 손을 깍지 끼어 머리 뒤를 받치고 지그시 눈을 감았다. 허리를 좌우로 비틀었다. 다리를 쭉 펴더니 양쪽으로 있는 힘껏 벌렸다. 허리를 굽히고 팔을 쭉 뻗었다. 어제는 그게 무슨 의미라도 있는 의식으로 착각했다. 방바닥에 오래 앉아 있으니까 허리도 뒤틀리고 엉덩이도 배기고 다리도 저려서 하는 행동일 뿐이다. 그것도 모르고 나는 원장의 행동 하나, 말 한마디에도 의미를 두려고 했다.

시간이 갈수록 나는 원장이 어떤 사람인지 알 수 없었다. 사람들이 언쟁을 해도 방관하는 자세로 가만히 있다든가, 때로 나를 관찰하듯이 유심히 본다든가 하는 행위가 무엇을 의미하는지도 알 수 없었다. 말 그대로 전원생활을 위해 이곳에 터를 잡은 사람 같아 보이기도 하고, 전직이 목사라는 신분을 생각해볼 때 평범한 사람은 아닌 것 같았다. 전국 각지에서 상담사와 교육원생들이 주기적으로 이곳으로 수련을 하러 온다는 것은 노년의 인생에 활기를 줄 것이다. 게다가 온실 속 화초 같은 여자들의 멘토 역할이라니. 어쩌면 상처 입은 영혼들이 신봉하는 사이비 교주 같다는 삐딱한 생각이 들기도 했다. 그럴수록 나는 입을 꾹 다물었다.

침묵이 계속되자 여자들은 장롱에서 이부자리를 꺼내 덮고 앉았다가 눕기를 반복했다. 이곳을 오 년, 십 년 동안 다녔다는 여자들은 마치 자기네 집 안방처럼 허물없이 굴었다. 특히 참나무는 원장의 수족처럼 따라다니며 일을 거들었다. 유독 나한테만 쌀쌀한 태도를 이해할 수 없었다. 나는 참나무와 눈이 마주치지 않도록 정면을 피해 앉았다. 그녀의 서늘한 시선과 마주치면 오싹했기 때문이다. 활화산은 두 다리를 쭉 펴고 앉아 있다가 나와 시선이 마주치자 눈알을 뒤룩뒤룩 굴리며 나를 쳐다보았다. '나는 네가 무척이나 못마땅하다'라는 눈빛을 발사하고 있었다. 어젯밤 내가 술을 그만 마시라고 한 것에 대한 반감에다가 무슨 심사인지 굳이 술냄새를 풍기며 내 옆에서 자려는 걸 피한 것에 대한 유감의 표시였다.

벽거울에 내 모습이 비쳤다. 나는 어제보다도 표정이 더 굳었다. 턱이 약간 치켜 올라갔고 입술은 앙다물려졌다. 힘들 텐데 잠깐이라도 발 좀 뻗어요, 그들이 말해도 나는 가만히 있었다. 벽에 등을 기대지도 않았다. 이제 집에 가면 온몸이 쑤시고 몸살이 날 거다. 딱딱한 방바닥에 이박삼일 앉아 있는 게 쉬운 일이 아니다. 해도 아랑곳하지 않았다. 황소고집이네. 누가 뭐래도 대꾸하지 않았다. 남들이 웃어도 난 웃음이 나오지 않았다.

아래층에서 매콤하고 달콤하고 구수한 냄새가 끊임없이 올라왔다. 찬모 아줌마는 하루 종일 음식을 했다. 닭도리탕, 고구마맛탕, 김치전, 고등어찌개, 잡채 등등. 그들은 아침 먹고 얘기하고 점심 먹고 얘기하고 저녁 먹고 얘기해도 지치지 않았다. 웃다가 울다가 화내다가 다시 화해하고 그 과정을 다시 반복해도 누구 하나 기절하거나 쓰러지지도 않았다. 여기에 한 번 갔다 오면 만신창이가 된다던 교육원 선생의 말이 떠올랐다. 그런데 왜 거길 가요? 나는 선생에게 물었다. 선생은 짧게 대답했다. 나를 괴롭히는 감정에서 해방되기 위하여.

"나는 사십대 남자만 보면 가슴이 설레. 내 의지와는 달리 스스로가 어떻게 할 수 없도록 마음이 가버려. 나는 원치 않는데 내 감정이 그런다구. 그게 얼마나 힘든 줄 알아?"

가정주부가 울먹이며 말했다. 이곳에 와서 작업을 하면서 아버지를 보았어. 내 감정을 꺼내놓고 들여다봤더니 사십대 남자가 아니라 아버지였어. 아버지가 사십대에 돌아가셨거든. 가정주부는 계속 울먹거렸다. 남편이 나에게 그래. 내가 어른하고 결혼한 게 아니라 애랑 결혼했구나, 그래. 부성애 결핍이 안 채워지니까. 여기 처음 올 때만 해도 내 눈에는 퇴역군인이 남자로 보였지만 이젠 그냥 평범한 사십대 남자로 보여. 설혹 내가 감정을 품는다 해도 그건 연애감정이 아니라 부성애를 그리워하는 걸로 이해해줘. 한 번만 나를 안아줄 수 있어? 가정주부의 눈빛이 애절해 보였다. 퇴역군인이 주저하자 가정주부가 한 발자국 더 가까이 갔다. 거절하지 말고 그렇게 해주세요. 누군가 말했다. 퇴역군인이 일어서더니 가정주부를 안았다. 가정주부가 몸을 떨며 울기 시작했다. 남편이 바람을 피웠어. 엄마 같은 여자랑 바람을 피웠어……

"가정주부님. 힘내세요. 지금도 충분히 아름다우세요. 연애하세요. 아직 이십대 같으세요. 나이 들수록 사랑이 필요해요."

퇴역군인이 말했다. 그러고 침묵.

한순간 주위가 스산해지는 느낌이 들면서 시선들이 나에게 꽂

했다. 왜 넌 남이 하는 말만 듣고 가만히 있는 거지, 그런 침묵이었다. 네 차례야, 옆구리를 쿡쿡 찌르는 침묵이었다. 나는 시치미를 떼고 가만히 앉아 있었다. 원장은 아예 드러누웠다. 나도 눕고 싶었다. 방석을 깔고 앉았으나 방바닥이 딱딱해서 엉덩이가 배겼고, 구부리고 앉았던 다리를 펴지 못해 발이 저렸다. 나는 슬그머니 양쪽 다리를 뻗었다. 바로 옆에 앉은 누군가의 이불을 조금 끌어당겨 뻗은 다리가 보이지 않게 덮었다. 등도 아프고 허리도 아팠다. 별다른 의미도 없이 시간이 흘러갔다.

침묵은 점점 가벼워지고 싱거워졌다. 원장은 잠이 들었는지 일어나지 않았다. 쉬는 시간 틈틈이 고구마 캐 오랴 무 뽑으랴 가축들 밥 주랴 한시도 못 쉬어서 피곤하기도 할 것이다. 다행히 누군가가 입을 열었다.

"난 어릴 때 성추행을 당한 기억에서 아직도 자유롭지 못해. 성추행은 이웃이나 가까운 친척들에게 당한다는 말이 입증되었어. 아무것도 모르던 어린 시절에 생긴 일이라도 상처가 남았어."

그러자 성추행당한 얘기가 흘러나왔다. 상처를 받았다. 상처받지 않았다. 지금도 억울하다. 이미 지나간 일이다. 다시 들춰낼 필요가 있나. 필요가 있다…… 울면서 말하는 사람도 있었고 웃으면서 말하는 사람도 있었다. 누군가는 싫으면서도 호기심, 내 몸에서 반응이 나올 때의 당황스러움에 대해 말했다.

"그런 것도 모르고 남편은 나랑 살고 있는 거야. 성적인 면에서 볼 때 남자들은 개새끼들이야."

"투덜아, 그만 투덜거려. 듣기 싫어."

원장의 말에 그녀가 마구 웃었다.

그녀가 계속 웃자 그들도 따라 웃었다. 이게 웃을 일인가. 나는 뭐가 뭔지 알 수 없었다. 그들은 기분에 따라서 존댓말과 반말을 번갈아 사용했고 앞뒤가 맞지 않는 말을 해도 들어주었다. 무슨 말을 해도 한없이 이해하는 아량을 베풀다가도 어떤 말이 자신의 감정에 걸리면 날카롭게 쏘아붙였고 맞대응했다. 서로 할퀴고 상처를 주었지만 얼굴에는 웃음이 번졌다.

"난 궁금해요. 투덜이 안에서 절실하지만 잘라내지 못하는 부분이 무엇인지 궁금하다고. 아직도 용기가 없고 자신이 없어서 해결 못하는 거 그게 뭐야?"

누군가 물었다.

"엄마 노릇 하는 것."

그녀가 대답했다.

"그러니까 선명해지네."

다른 누군가가 고개를 끄덕였다. 애들, 참 잘 키웠다, 남편이 비아냥거려요. 난 억울해요. 그럼 말하지? 억울하다고? 못해요. 그냥 머물러 있어요. 왜 머물러 있지? 내 행동에 자신이 없으니까요. 어떻게 행동하고 싶은데? 그것도 잘 모르겠어요. 그냥 꿈틀꿈틀하고 있어요. 이대로는 더 이상 못 살겠어요. 변화가 필요해요.

나는 그들이 주고받는 말을 유심히 듣고 있었다.

투덜이는 이곳에 처음 왔을 때하고 똑같은 말을 하네. 근데 처음보다는 달라지고 싶다는 게 마음으로 읽히네. 내가 선택하는 것에 대해 확신이 없어서 선택 못하는 거예요? 그렇죠. 지금, 머물러 있는 이 상태가 너무너무 힘겨워요. 그러면서도 앞으로 가지 않기 위한 방법만 모색하고 있어요. 아이러니네? 남편이 안 도와줘서 힘드네요. 뭐라는 줄 알아요. 내가 심리 공부에 빠져서 세상을 비틀어서 본다는 거예요. 난 너무도 긍정적이었거든요. 그녀가 훌쩍거렸다. 다른 방법을 찾고 싶은데. 이제 거의 숨이 막혀서 죽기 일보 직전까지 왔는데도 징징대는 것을 고치려고 안 해요. 난 징징대는 방법밖에 모르는데 나보고 새로운 방법을 배우라고? 힘들게?

"아유, 잠깐 조는데 투덜거려서 원."

누워 있던 원장이 똑바로 앉았다. 훌쩍이던 그녀가 눈물을 멈추고 활짝 웃었다. 자동인형의 몸에 장착된 웃음 스위치를 누른 것 같은 착각이 들 정도로 표정이 금세 바뀌는 것이다. 아, 그래도 요즘은 많이 좋아졌는데요. 행복하다고 우리 남편이 말할 정도인데요. 그녀가 정색을 하고 말했다. 그러나 금방 울상을 지었다. 우리 엄마는 내가 투덜대면 다 해줬는데 우리 남편은 안 해줘, 난 애긴데 나보고 어른 행세하래, 남편도 애들도 나보고 어른 하래. 그녀가 다시 훌쩍거렸다.

"투덜아, 너 지금 어디 앞에 서 있는 거냐?"

원장이 울고 있는 그녀의 어깨를 흔들었다.

"감정의 자유니 뭐니 그런 거 다 필요 없고, 내가 보기엔 행복한 가정 앞에서 투덜거리고 있어."

원장의 말에 그녀가 울음을 뚝 그쳤다.

"그러고 보니까 내가 날 너무 비하하는 경향이 있네."

그녀가 활짝 웃었다. 눈물을 닦으며 주변을 둘러보았다.

"얘기하지 않은 사람은 뭐예요? 얘기하는 사람들은 수치감도 느끼고 했는데?"

그녀가 나를 쳐다보았다.

"아, 난 할 말 없어요. 난, 그런 거 없다니까요."

나는 손사래를 쳤다.

"그럼 여기 오지 말지 왜 왔어?"

활화산이 끼어들었다. 그녀의 말에 원장이 덧붙였다.

"엉망진창에 대해 알고 싶어."

내가 여전히 입을 다물고 있자 모두가 횡한 표정으로 나를 쳐다보았다.

"아예 말하지 않으려고 단단히 벼르고 왔구만."

참나무였다. 이곳에 왔으면 협조적으로 할 것이지, 참나무가 나를 쏘아보았다. 다칠까 봐, 상처받을까 봐, 자기를 방어하는 거지. 이번에는 참나무의 차례라는 듯 그들은 침묵했다. 나는 참나무가 나에게 다가오지 않도록 원장이 막아주기를 바랐다. 여기서 끝내자고 말해주길 원했다. 그러나 원장은 엉망진창에 대해서 알고 싶다고 다시 말했다. 정말이지 엉망진창이었다.

무엇을 말해야 하나.

말을 하라고, 어서 말을 하라고 나는 그들에게 강요받고 있었다. 그들은 조용히 기다리고 있었다. 나를 괴롭히는 감정에서 해방되기를. 강요받은 고백에는 아무런 감정이 느껴지지 않았다. 나는 다만 답답할 뿐이었다. 나는 한숨을 몰아쉬며 가방에서 노트를 꺼냈다.

"제 얘기 대신 심리 수업 시간에 배운 걸 읽어줄게요, 프로이트가 한 말인데요……"

노트를 뒤적여 읽으려고 하자 참나무가 소리쳤다.

"집어치워. 총으로 대가리를 부셔버리고 싶어."

참나무가 겨눈 총에 대가리가 난사당한 기분이었다. 나는 이곳에서 작업을 하다가 칼부림도 났다는 말을 들은 적이 있었다. 찌르라고 그냥 두나요, 옆에서 말리죠. 교육원 선생들의 말도 기억났다.

"엉망진창은 왜 대가리로 해? 책? 필요 없어. 그리고 난 엉망진창을 가슴으로 만나고 싶다고. 근데 왜 대가리로 피해 가냐고."

참나무의 말에 나는 입을 꾹 다물었다. 감정에서 해방될 자유가 있다면 침묵의 자유도 있을 테니까. 원장은 표정 하나 변하지 않고 물끄러미 참나무를 쳐다보고 있었다. 칼을 꺼낼 때까지 기다리는 건가.

"참나무는 왜 엉망진창을 만나야 되며 네가 원한다고 해서 만나줘야 해?"

드디어 원장이 입을 열었다.

"엉망진창을 보니까 날 보는 것 같아서. 차갑고 냉랭하고 고상한 척하고. 자기는 참 잘사는 것 같지만 옆 사람한테는 피 말리는 거거든. 머리 굴리고 우아하게 앉아서 상대가 대접해주길 바라는 거야."

참나무의 목소리가 점점 낮아졌다. 내가 보여. 온몸으로 우아한 척 앉아서, 너 책 한 권이나 읽어봤어? 하던 내가 보여. 나도 엉망진창처럼 눈 깔고 앉아 있었어. 그러면서 자기 남편을 얼마나 무시했는가에 대해 말했다. 참나무님, 힘들었겠다. 그들이 말했다. 힘들었지. 그래서 남자 하나 망쳐놨잖아. 그래서 저런 사람 보면 나처럼 될까 봐 깨주고 싶어.

몇 가지 모습만 보고 속단하는 건 금물이야. 여기서 엉망진창이 보이는 행동들이 생활에서 다 나타난다고 보긴 어렵지. 미리 예측하고 화내는 건 옳지 않아. 원장이 참나무에게 말했다. 그게 저의 미숙함이거든요. 엉망진창에게도 그런 확신이 자꾸 드는 거예요. 감정적인 맞대응을 해야지만 만나지는 건 아니잖아, 뭔가 의사소통이 이루어졌으면 좋겠다는 간절함은 느껴지는데 표현이 너무 과격하잖아. 대가리를 머리님이라고 할 수 없잖아요. 내 감정에 충실한 거예요. 나의 진실한 모습 때문에 상처받은 사람이 있다면 그게 나의 참모습이라는 것……

"나 같아도 너 같은 여자랑 이혼했겠다."

누군가의 말에 이번에는 참나무가 할 말을 잃었다. 얼굴이 시꺼먼 게 관 속에라도 들어간 것 같은 표정이었다. 이렇게 서로 상처를 내서 어쩌자는 걸까. 참나무의 어깨가 움츠러들었다. 이혼하고 십 년을 이곳에 다녔다고 했다. 그런데도 그 감정에서 놓여나질 못하는 걸까. 교육원 가는 길에 두어 번 그녀를 본 적이 있다. 선생님, 하고 몇 번을 불러도 무슨 생각을 그리도 골똘히 하는지 듣지 못했다. 땅속으로 들어갈 것처럼 고개를 떨구고 걷던 모습과 구부정한 어깨, 무덤같이 어두운 분위기에 부르던 것을 멈추고 말았다. 심리 수업이 끝나고 우연히 둘이서 전철역을 향해 간 적이 있다. 얼마 전에 엄마가 죽었다고 하자, 아이, 얼마나 힘들까, 하고 나를 따뜻하게 안아주며 밥을 사주던 기억이 났다. 그런 그녀의 모습은 온데간데없고 차가운 그녀가 눈앞에 있다. 그녀는 이곳에 와서 이런 식으로 자기 존재와 만나고 있는 걸까. 왜 하필 이런 모습을 보기 위해 일부러 여기로 올까. 무엇이 그녀를 여기로 불러들이는 걸까. 자기를 들여다보고 감정을 꺼내놓으면 그 감정에서 자유로워진다고 했다. 정말 그럴까. 들여다보고 꺼낼수록 참담해지지 않을까. 그래서 그렇게 슬픈 표정을 짓고 있지 않을까. 어떤 모습이 진짜 그녀의 모습일까. 지금 여기의 차갑고 거칠고 황량한 모습일까. 아니면 교육원에서 나를 대하던 따뜻한 모습일까.

나는 눈을 감았다. 감정의 바다에 풍덩 빠져서 허우적거리는 모습들을 더 이상 보고 싶지 않았다. 그들의 화가 나서 떨리는 손가락. 경련을 일으키는 입가의 미세한 떨림. 난 이미 보았다. 구역질이 날 것 같은 내 감정. 속이 쓰라리고 부글부글 끓어오르던 내 감정. 캄캄하고 비참한 과잉된 감정들. 난 내 안에 들어 있는 온갖 감정들이 뿌리를 내리도록 가만히 놔둘 테다. 내 안에 있으라고 내버려둘 거다.

"엉망진창님께 화낸 게 아냐. 나에게 화를 낸 거지. 자길 꼭 닮은 나. 나중에 자기도 나를 도구 삼을 수 있어. 혼자서는 안 되니까. 여기는 안전지대니까."

참나무가 말했다. 교육원의 선생들은 하나같이 우울해 보였다. 그들이 아무리 유머를 구사해도 목소리나 표정에서 슬픔이 묻어났다. 나는 그들에게 말하고 싶었다. 감정을 낭비하기 싫다고. 심리상담사와 나는 어울리지 않다고. 그러면서도 나는 상담사 자격증이 탐이 나서 여기에 온 걸까. 내 앞가림도 못하는 주제에 누굴 상담하겠다는 걸까. 무엇이 나를 여기까지 오게 했을까.

원장과 참나무의 작업이 진행되었다.

"참나무는 왜 자꾸 엉망진창의 문을 열고 들어가려고 그래."

"인간 대 인간끼리 만나고 싶어서요."

"그건 욕심이지. 안 열려는 문을 왜 자꾸 열려고 해."

"친구가 그렇게 마음을 열지 않아요."

"왜 문을 열고 들어가려고 그래. 너도 욕심이지."

"아아, 십 년쯤 했는데도 안 받아주니까."

"억지로 문을 열고 들어가려 하니까 십 년이 걸린 거지. 가만히 기다렸으면 십 년이 걸렸겠어?"

이쯤에서 마무리하자고 원장이 일어섰다. 자, 내려갑시다. 오늘은 막걸리도 있어요. 원장을 따라 그들이 아래층으로 내려갔다. 작업이 끝나고 술 먹는 것은 필수 코스인가. 나는 모로 쓰러진 채 그대로 잠들어버렸다.

마지막 날. 함박눈이 펑펑 내렸다. 첫눈이었다. 모두들 말없이 창가에 서 있었다. 저게 목련나무야. 원장이 말했다. 여기 봄에 와봐. 얼마나 아름답다고. 눈은 깜짝쇼처럼 금세 그치고 말았다.

떠나기 전 잠깐 2층에 모였다. 이제 침묵은 말하기 직전에 거쳐야 할 당연한 순서로 받아들여졌다. 말하기 직전의 과정, 말하기 직전의 공백 상태, 통과의례일 뿐인 침묵이 왜 그렇게 불편하고 지루했던지 모르겠다.

"여기를 찾아오는 사람들은 아기들이거든요. 삶이라는 것을 가르쳐주는 곳. 엄마 아빠에게서 못 배웠으니까 여기서 배우고 가요. 만 가지 감정을 다 배우고 가요. 여기서 예방주사 맞고 나가서 세상을 잘살 것 같아요."

"투덜아, 누구한테 말하는 거지?"

원장이 물었다.

"나한테요."

그녀가 길게 한숨을 내쉬었다.

"그래도 나 아무리 힘들어도 이건 안 해요"

"그게 뭔데?"

그들이 물었다. 이거 있어요, 그녀가 검지와 중지를 들어보였다. 아, 담배, 라고 누군가 말했다.

"아니오. 이걸 목에다가 넣어서 토하는 거예요."

그녀가 검지와 중지를 모아 입안에 넣는 시늉을 했다.

"근데 이제 그걸 안 해요. 여기에 와서 고쳤어요. 원장님이 고쳐줬어요."

그러면서 여자는 이게 이걸로 바뀌었다며 이번에는 중지를 눈앞에 들어올렸다.

"그게 뭔데?"

그들이 물었다.

"얘기해도 돼요?"

그녀가 원장에게 물었다.

"하지 마."

원장이 웃었다.

"할래요."

원장이 말릴 새도 없이 가운뎃손가락을 똑바로 치켜들었다.

"자위행위요."


여기, 중마루는 잠시 쉬어가는 곳이에요. 지형이 호랑이를 닮았다고 석호정이라고도 한답니다. 사람들이 길을 가다가 피곤하고 지친 몸을 술 한잔으로 달래고 고개를 넘었대요. 부담 갖지 말고 내 집처럼 생각해요.

원장은 나에게 하루만 더 그들과 함께하기를 권유했지만 나는 짐을 쌌고 택시를 불렀다. 이윽고 택시가 와서 대문 앞에 멈췄다. 내가 가방을 들고 마당으로 나가자 그들이 따라 나와 배웅을 했다. 다시 올 거죠? 꼭 다시 보기에요. 그들이 포옹했다. 참나무는 나를 끌어안고 한동안 놓아주지 않았다. 우리 서로 가슴과 가슴끼리 만났어요. 가슴끼리 비볐어요, 하며 눈물을 글썽였다. 택시를 향해 가는 내 등뒤에 대고 원장이 물었다. 다시 볼 수 있을까요? 개밥 꼭 챙겨주세요. 나는 택시에 올랐다. 뒤돌아보지 않았다.

그런데 이 불안감은 뭐지. 어쩌면 다시 여기로 올 것만 같은 참담함. 내가 말할 사람이 없을 때 여기로 다시 오게 되는 것은 아닐까. 나는 남편에게 전화했다. 남편은 전화를 받지 않았다. 내가 남편에게 하고 싶은 말은 뭘까. 모든 게 막연하기만 했다.

그 소리

툭. 탁. 뚝……

또 그 소리가 들렸다. 선영은 고개를 흔들었다. 그 소리가 여기까지 따라올 리 없었다. 창문을 열고 위층을 올려다보았다. 선영의 방 바로 윗방에서 희미한 빛이 새어 나오고 있었다. 선영은 현관문을 열고 밖으로 나왔다. 차가운 공기에 덜덜 떨면서 위층을 바라보았다. 선영의 집은 205호, 소리의 진원지는 305호. 선영의 집은 2층이라서 내부가 환히 보이지만 3층 방은 불빛만 보였다. 스탠드를 켜놓은 모양이었다.

선영의 방 바로 위층 방에 아이가 있고, 아이의 부모는 지금 안방에서 자고 있는 걸까. 아이는 새벽까지 공부라도 하고 있는 걸까. 아니면 게임을 하는 걸까. 게임을 하면서 무슨 소리를 내는 걸까. 지금 이 시각에 벨을 눌러 위층에서 소리가 나서 왔다고 하면 아이의 엄마는 뭐라고 할까. 왜 그렇게 예민하냐고 신경

증 환자 취급을 하지 않을까. 조용히 살고 싶으면 절간으로 가서 살라고 화를 내지 않을까.

확실한 것은 아무것도 없었다. 선영은 소리가 나면 천장을 올려다보다가 아파트 밖으로 나가 위층 방을 물끄러미 올려다보다가 집으로 들어오곤 했다. 한번은 자고 있는 남편을 깨워 같이 나가보자고 했다. 남편은 무슨 소리가 난다고 자는 사람을 깨우냐고 투덜대더니 이내 코를 골았다.

선영은 평소에도 남편의 코 고는 소리를 막기 위해 귀마개를 끼곤 했다. 소라고둥처럼 생긴 주황색 스티로폼을 엄지와 검지로 꼭꼭 오므려 귓속에 넣었다. 소라고둥이 살살 펴지면서 귓속이 팽창할 듯 부풀어 오르는 느낌이 오고 그제야 비로소 소리가 차단되었다. 양쪽 귀가 먹먹해진 채 잠 속으로 빠져들었다가 소라고둥의 뱅뱅 돌아가는 출구를 찾아 헤매는 꿈을 꾸다가 눈을 떴다. 똑딱거리는 소리에 눈을 떴는지, 툭탁거리는 소리가 들렸는지는 알 수 없었다. 한동안 귀마개로 소리를 차단하며 버텼지만 그리 오래가지 않았다. 낮에도 밤에도 귀마개를 끼었더니 귓속이 붓고 아팠다.

툭. 탁. 틱……

처음 선영은 시계초침 소리라고 생각했다. 다시 들어보니 빗방울 떨어지는 소리 같았다. 나뭇가지 부러지는 소리 같기도, 종이 구기는 소리 혹은 싸락눈 내리는 소리처럼 들리기도 했다. 귀를 기울여야 들리던 소리가 날이 갈수록 점점 또렷해지면서 천장에서 벽으로 거실로 부엌으로 선영이 가는 곳마다 따라다녔다.

똑. 딱. 뚝……

누군가가 조심스럽게 방문을 두드리는 소리 같기도 했다. 소리는 났다가 안 났다가 종잡을 수 없었다. 낮에는 물론이고 밤이 되면 더 선명하게 들렸다. 비가 오거나 흐린 날에는 소리가 더 자주 났다. 햇빛이 쨍쨍 쏟아지는 날에도 소리는 은밀하게 진행되고 있었다. 선영은 소리를 막기 위해 텔레비전을 켰다.

뉴스에서는 연일 층간소음과 그로 인한 살인사건을 보도하고 있었다. 아파트 윗집과 아랫집이 층간소음 때문에 시비가 붙어 아래층에 사는 이십대 청년이 위층에 사는 오십대 남자를 죽였다거나, 이사를 가던 노인이 윗집 초인종을 누르고 문을 열어주는 남자의 얼굴에 시너를 뿌린 사건도 있었다.

뉴스 소리에도 불구하고 툭탁거리는 소리는 선영의 귀를 파고들었다. 선영은 소리를 들으며 노트에 세모, 네모, 동그라미를 그렸다. 소리로 인해 깊은 잠을 자지 못하면서 생긴 버릇이었다. 동그라미 속에 네모를 그리고, 네모 속에 세모를 그리고 다시 동그라미를 그렸다. 세모, 네모, 동그라미를 반복해서 그리다가 밤을 새우기도 했다. 그렇게 집중하고 있으면 소리가 잠깐 사라졌다.

툭. 틱. 큭……

또다시 소리가 들렸다. 선영은 우기고 싶었다. 그 소리만 듣지 않았어도 그런 일은 없지 않았을까. 그렇고말고. 그렇고말고. 선영은 혼잣말을 하며 부랴부랴 현관문을 열고 아파트 하자보수센

터를 찾아갔다. 새 아파트라서 일 년 동안 하자보수를 해준다고
했다. 신도시 개발 아파트는 공급 물량이 많아 싼값에 새집을 구
할 수 있었다. 아니 그것은 선영이 이사할 구실을 찾은 것에 불
과했다. 어떻게든 남편을 설득해서 아이들과 함께 살았던 집에
서 멀리멀리 도망치고 싶었다.

보일러 돌아가는 소리에요.

하자보수센터 직원은 새집이라서 그런다며 보일러를 가동하
면 나무가 마르느라 툭탁거리며 갈라지는 소리가 난다고 했다.
선영이 보일러를 켜지 않았다고 하자 옆집이나 윗집에서 써도
소리가 날거라고 했다. 위층에 가서 물어보라는 직원에게 선영
은 요즘 층간소음 때문에 무시무시한 일이 많이 일어나 겁이 난
다고 대신 좀 말해달라고 부탁했다. 그런 것까지 할 수 없다는
직원에게 사정사정했다. 사실 선영은 자신의 귀를 믿을 수 없었
다. 이 소리가 그 소리인지도 알 수 없었다.

어떤 집은 위층에서 애들이 뛰어서 망치로 천장을 쿵쿵 친대
요. 또 어떤 집은 소리가 위아래에서 올라오고 내려오는 바람에
칼을 갈고 있다는 말까지 나돌고 있어요. 층간소음도 문제지만
대처하는 자세도 큰 문제죠.

윗집으로 향하는 엘리베이터 안에서 직원이 말했다.

3층에 도착해서 벨을 누르자 305호 여자가 나왔다. 직원은 여
자에게 소리 때문에 왔다고 설명했다. 여자는 눈을 깜빡이며 직
원의 말을 듣고 있었다. 눈썹 문신을 하고 배꼽이 보이는 티셔츠

에 핫팬츠를 입고 있었다. 여자가 들어오라고 해서 선영과 직원은 집 안으로 들어갔다. 보일러를 얼마나 틀었는지 집안이 후끈했다. 여자는 선영의 방 바로 위층 방을 보여주면서 아들이 늦게까지 공무원 시험공부를 한다고 했다. 창가에는 침대가, 책상 위에는 컴퓨터와 스탠드가 놓여 있었다. 벽에 책꽂이가 세워져 있는 것까지 선영의 방 구조와 다를 게 없어 보였다.

소리가 날 게 없는데.

여자는 아들이 오면 물어보겠다며 커피 한잔하고 가라고 거실로 안내했다.

혹시 지금 소리가 나는지 아래층으로 가보시든지요.

직원의 말에 여자가 그럴까요, 하고 대답했다. 직원은 돌아가고 여자가 개를 안고 선영의 집으로 내려왔다. 개가 아무데나 오줌을 눌 것 같다며 의자 위에 올려놓았다. 개가 오줌 싸면 닦을 테니 바닥에 내려놓으라고 해도 여자는 갈 때까지 개를 내려놓지 않았다. 아이들의 성화에 못 이겨 키워본 적이 있는 예민하게 생긴 요크셔테리어종이었다.

잠을 자려고 하면 소리가 선명하게 들려요.

선영은 침대 위에 걸터앉아 천장을 올려다보았다.

저기 천장 안에 뭐가 들어 있나?

여자가 천장을 쳐다보며 말하고는 깔깔 웃었다.

낮이라서 잘 안 들렸다가 밤이 되면 조용해서 잘 들리는 것 같아요.

선영의 말에 여자는 그러면 이 방을 쓰지 말고 안방을 쓰면 안 되냐고 물었다. 안방은 남편이 쓰고 있었다. 선영은 남편이 조금만 뒤척여도 잠이 깨서 작은방을 쓰고 있다고 말했다. 남편과 각방을 쓴 지 오래되었다는 말은 하지 않았다.

우리 남편은 술을 너무 좋아해서 날마다 술냄새를 풍기고 와요. 너무 싫어요. 그래도 잠은 같이 자요. 결혼하고 한 번도 떨어져서 자본 적이 없어요. 아무리 싸워도 잠은 같이 자요. 그러고 나면 하루에 두세 번 이불을 털지 않으면 미쳐버릴 것 같아요.

여자가 말했다. 선영은 술과 이불이 무슨 연관이 있는지는 모르겠지만 실컷 털라고 했다.

먼지가 나면 내가 알아서 창문을 닫을 테니까요.

여자가 선영에게 언니라고 불러도 되겠냐고 물었다. 여자가 살갑게 굴어서 선영은 남해에서 살다가 사정이 있어서 경기도로 이사 왔다는 말까지 했다. 남편이 정년퇴직을 했다는 말은 하지 않았다.

무슨 사정인지는 모르지만 끝에서 끝으로 왔네요.

여자는 앞으로 함께 시장도 같이 가고 배드민턴도 치고 등산도 가자며 수다를 떨더니 개를 안고 일어섰다. 언니도 구청에 가서 유기견 한 마리 데려다가 키우세요, 우리 해피랑 친구하게요. 여자는 진심으로 말하는 것 같았다.

오늘 밤에 소리가 나나 안 나나 잘 들어보세요.

당부하는 것도 잊지 않았다. 다음날 아침 일찍 여자에게서 전화가 왔다.

어제는 어땠어요?

여자의 목소리가 어제와는 달리 몹시 뻣뻣했다.

소리가 덜 나는 것 같았어요. 덕분에 잘 잤어요.

선영은 조심스럽게 말했다.

우리는 신경이 쓰여서 한숨도 못 잤어요. 남편이랑 아들이랑 몇 번이나 아래층으로 내려가서 따진다는 걸 내가 뜯어말렸어요. 우리 아들 평소와 똑같았어요. 아무 짓도 안 했어요. 아들이 언니더러 이상한 사람이라고 하고, 남편도 언니를 이상하다고 했어요.

그러고는 전화를 끊어버렸다. 말투에 날이 서 있었지만 말끝마다 언니라고 불러주는 여자가 고맙기도 했다. 알뜰시장에서 사 온 감자 한 상자가 눈에 띄었다. 먹을 사람도 없는데 한 상자나 사다니. 선영은 감자를 반 나눠 비닐봉투에 담아 위층으로 올라갔다. 벨을 눌렀지만 아무런 응답이 없었다. 한 번 더 누르려다가 그냥 내려왔다.

그 뒤 여자의 얼굴을 본 적이 없다. 선영은 여자가 이불을 털면 문소리가 안 나게 창문을 닫곤 했다. 며칠 후 관리실 스피커에서 창밖에다 이불을 털지 맙시다, 라는 안내 방송이 흘러나왔다. 선영이 민원을 넣은 걸로 여자가 오해할 수도 있겠구나 싶었다.

그날은 왜 잠을 푹 잤을까.

위층에서 나는 소리는 아닌 것 같았다. 그래서 안심이라도 했

던 것일까. 소리는 점점 더 뚜렷해졌다. 천장에서 나던 소리가
급기야 벽에서도 나기 시작했다. 돌아누우면 등뒤에서 툭탁거렸
고 다시 돌아누우면 바로 앞에서 똑딱거렸다. 툭. 탁. 똑. 딱. 틱.
큭……

아파트 건설업체는 직원을 보내주기로 약속을 해놓고 일주일
이 지나도 소식이 없었다. 다시 전화를 해서 이런 식으로 하면
소비자고발센터에 고발해버린다고 했더니 바로 직원을 보냈다.

아무 소리도 안 나는데요.

소리가 나면 전화를 하라던 직원은 막상 전화를 하자 받지 않
았다. 본사에 전화를 해서 물어보려는데 계속 통화 중이었다. 선
영은 지나가는 사람 아무나 붙잡고 하소연하고 싶었다. 집에서
알 수 없는 소리가 나서 못 살겠다고. 한번은 실제로 지나가는
보수센터 청년을 붙잡고 말한 적도 있었다.

부실공사예요.

청년은 장황하게 설명했다. 시멘트 벽 사이에 틈이 있어서 그
사이로 물이 흘러가면서 그런 소리가 나는 거죠. 하자보수센터
직원들한테 말해봤자 아파트 회사에서 하청을 준거라서 아무 소
용없어요. 준비된 답을 가지고 있는 사람들을 이길 수 없죠. 모
두 같은 편이니까요. 그냥 참고 살든지 이사를 가든지 할 수밖에
없어요. 이사 비용이라도 받으려면 구청민원실에 얘기해보세요.
하지만 몇 년이 걸릴지도 몰라요. 소리 나는 곳을 뜯어보는 수도

있는데 몇백만 원짜리 공사가 될지도 모르는데 누가 하려고 하겠어요?

청년의 말에 선영은 고개를 끄덕였다. 그러고는 남편에게 그대로 전해주었다.

그 새끼가 뭘 알아. 쥐뿔도 모르는 새끼가.

남편은 선영이 그러기라도 한 듯 눈을 부릅뜨고 언성을 높였다.

그러니까 집에만 있지 말고 밖으로 나가라고. 하루 종일 집에만 있으니까 스트레스가 쌓여서 그런 거라고. 밖에 나가서 사람들도 만나고 그러라고.

남편이 호통을 쳤다. 방금 전 너무나 억울한 일을 당해서 분풀이라도 하듯 고함을 질렀다. 시간이 갈수록 느는 건 꼬장꼬장한 말투에 억지뿐이다. 어디를 가라고. 누구를 만나라고. 그녀는 한마디 하려다가 시끄러워질 것 같아 입을 다물었다.

내가 이 방에서 잘 테니까 당신이 안방에서 자.

남편이 선심 쓰듯 말했다. 안방에서는 냄새가 났다. 남편은 붙박이장에서 나는 냄새라고 했지만 남편의 몸에서 나는 냄새였다. 입었던 옷을 내놓지 않고 옷장에 그대로 걸어놓으니 냄새가 날 수밖에 없었다. 입은 옷은 따로 걸든가 세탁할 수 있도록 내놓으라고 해도 말을 듣지 않았다. 정년퇴직을 하고 나서 고집불통이 쇠고집으로 악화된 것 같았다.

남편의 냄새가 마침내 선영의 옷에도 배어 전부 다 세탁소에 맡겨 드라이를 하고 나서야 냄새가 가셨다. 코를 찌르는 냄새는 사라졌지만 노린내 비슷한 체취는 여전히 남아 있었다. 엉뚱하게도 남편은 화장실 안에서 냄새가 난다며 자꾸 문을 열어놓는 바람에 난방비가 화장실 창문으로 새나가고 있었다. 남편의 후각에 무슨 이상이 생긴 건 아닐까. 물을 콸콸 틀어놓은 채 이를 닦고, 화장실에서 나올 때도 전등을 끄지 않는 걸 보면 지각작용에도 탈이 생긴 게 아닐까 싶었다. 물 아껴라, 전기 아껴라, 아이들을 졸졸 따라다니면서 잔소리했던 것을 잊어버린 것일까. 너희들은 똥 싸고 똥구멍도 안 닦아? 뒤처리를 안 한다고 야단치던 아이들의 흉내라도 내보고 싶은 것일까. 그렇다면 어떻게 그렇게 밥 세끼를 꼬박꼬박 먹고, 머리가 닿으면 코를 골고 깊은 잠에 빠질 수 있을까.

선영은 밤새 뒤척이다가 침대를 거실로 옮겼다. 잠을 자려고 누웠는데 거실에서도 소리가 났다. 주방 쪽에서도 소리가 났다. 똑. 딱. 툭. 틱. 탁……

무슨 소리가 나는데요?

하자보수센터 직원들이 물으면 선영은 정확하게 설명할 수 없었다. 물방울 떨어지는 소리처럼 들린다거나 문을 두드리는 것 같은 소리라고 하면 선영을 의심스런 눈길로 쳐다보았다.

지금 가볼까요?

나중에는 직원들의 친절에도 선뜻 응할 수 없었다. 직원과 함께 와보면 선영이 마치 거짓말을 한 것처럼 소리가 나지 않았다. 누군가가 집 안에 숨어서 그녀가 혼자 있을 때를 기다려 소리를 내는 것일까.

　누구세요? 거기 누구 있어요?

　선영은 소리 내어 물어보다가 쓴웃음을 지었다.

　습관처럼 세모 네모 동그라미를 그렸다. 세모 네모 동그라미,
세모 네모 동그라미. 세모와 네모의 끝을 깎아 동그라미를 그렸
다. 동그라미 안에 아이들의 얼굴이 보였다. 바다 깊은 곳에서
고래가 불쑥 나타나듯 선명한 장면이 눈에 보였다.

　선영은 안방에서 아이들과 밥을 먹고 있었다. 한 아이는 반찬
이 맛없다며 욕지거리를 해대고, 또 한 아이는 밥을 먹으면서도
책에서 눈을 떼지 않았다. 책벌레 아들은 밥을 먹을 때도 화장
실에 갈 때도 걸을 때도 책을 봤다. 그러다가 전봇대에 쾅 부딪
치면 어쩌려고 그러냐, 차가 지나가는데 조심해야지, 말해도 소
용없었다. 선영은 그 아이가 커서 훌륭한 사람이 될 거라고 믿었
다. 욕쟁이 아들은 욕을 입에 달고 살았다. 기분이 좋아도 욕하
고 기분이 나빠도 욕을 했다. 욕하면 나쁜 사람 된다고 타일러도
소용없었다. 그래도 심성이 곱고 유머가 있어서 뭐가 되든 될 놈
이었다.

　그 추운 데서 어떻게 사나?

　하나도 안 추워. 엄마 가슴처럼 따뜻해.

　선영은 혼자 묻고 대답했다.


　툭. 딱. 뚝……

또다시 방문한 직원은 유심히 소리를 들었다. 방 한가운데 식탁 의자를 놓고 그 위에 올라서서 발꿈치를 바짝 들었다. 한 손을 모아 귀에 대고 소리를 들었다. 천장에 머리가 닿을 듯했다. 선영도 의자를 끌어와 올라서서 귀에 손을 바짝 갖다 댔다.

위층에 올라가서 보일러를 틀었는지 물어보세요.

직원은 항상 같은 말만 했다.

저번에도 갔는데 또 가면 싸움이 날지도 몰라요.

선영은 내키지 않았다. 하는 수 없다는 듯 직원이 305호로 올라갔다가 한참 만에 내려왔다. 아무 말 없이 다시 의자에 올라서서 천장을 향해 귀를 기울였다. 선영은 그때까지 의자 위에 올라선 채 소리를 듣고 있었다. 간헐적으로 소리가 나고 있었다. 툭. 탁. 큭……

하자보수센터로 가보세요.

직원이 의자에서 내려왔다.

거기 갔더니 보일러 돌아가는 소리라고 하던데요.

아마도 그럴 거예요.

직원은 고개를 갸웃거리며 돌아갔다.

틱. 탁. 툭……

소리는 점점 퍼져나가 집 전체에서 났다.

도대체 무슨 소리가 난다고 그래.

그제야 남편이 반응을 했다.

나이 들면 귀도 어두워진다던데 회춘하나 보군.

남편이 비아냥거렸다.

무슨 소리가 난다고요?

집을 얻어준 공인중개사는 그 소리를 녹음하라고 했다.

소리가 날 때마다 녹음을 해서 집주인이 오면 들려주라고요.

아, 그 생각을 못했네요.


주인 여자는 검은색 정장에 흰색 블라우스를 입었다. 단발머리에 새까맣게 염색을 했지만 얼굴엔 주름이 자글자글했다.

솔직히 말해주세요. 집에 무슨 문제가 있는 거예요? 나도 분양받자마자 세를 준 거라서 그래요. 집에 문제가 있으면 제일 걱정스러운 건 집주인인 나니까요.

걱정이 잔뜩 실린 여자의 말에 선영은 녹음을 해놓았으니 와서 들어보라고 했다.

무슨 소리가 난다고 그러세요? 아무 소리도 안 들리는데.

여자는 집 안에 들어서자마자 벽을 꼼꼼히 살폈다. 못 하나도 박지 말라고 단단히 일렀던 터였다. 선영은 녹음한 소리를 들려주었다.

뚝. 틱. 탁……

여자는 이내 녹음기를 껐다.

나도 영어 가르칠 때 녹음을 굉장히 많이 해본 사람이에요. 녹음을 하면 원래보다 소리가 훨씬 더 크게 나요.

여자가 모르는 걸 알려주듯 조용조용 말했다.

좀더 들어보세요. 세 번 듣고 어떻게 알겠어요?

선영은 미간을 찌푸렸다.

네 번 정도 들으면 다 알아요. 우리가 예민해지면 시계 소리도 수면을 방해하잖아요. 아, 머리 아파.

여자는 두 손으로 머리를 꾹꾹 눌렀다. 아 답답해, 하며 거실 창을 활짝 열었다. 창밖에서 자전거를 타는 아이들의 웃음소리와 비명소리, 악다구니 소리가 들려왔다. 선영은 얼른 창문을 닫았다.

답답하지 않으세요? 환기가 필요할 것 같은데.

여자가 물었다.

선영은 아무 말도 하지 않았다. 여자는 창문 너머로 뛰어노는 아이들을 바라보며 자신이 예전에 초등학교에서 영어를 가르쳤다고 말했다. 애들이 지독히도 말을 안 들어서 애를 먹었다고 푸념했다. 그러자 남편이 껄껄 웃으며 다 큰 놈들도 말을 안 듣는데 어린애들이 말을 듣겠냐고, 그러면서 자기도 대학 강단에 섰다는 말을 덧붙였다.

어머나, 대학교수세요?

여자가 눈을 동그랗게 뜨고 남편을 쳐다보았다.

저 같은 경우에는 애들이 떠들면 수업하지 말고 조용히 나가라고 했답니다. 그래도 에프 학점은 주지 않겠다고 약속했지요.

남편의 얼굴에 생기가 돌았다. 남편과 여자는 선생이라는 직업의 고충에 대해 얘기하며 동료를 만난 것처럼 주거니 받거니

했다.

집사람도 고생 많이 했지요.

남편의 목소리는 꾸민 듯 자애로웠다. 오랜만에 들어보는 목소리였다. 조심스럽게 손님을 대하는 태도. 선영은 아이들을 떠나보내고 나서 그 누구도 집에 들이지 않았다. 그 어떤 위로도 혼자 있는 것만 못했다. 선영은 혼자서 조용히 책상 앞에 앉아 노트를 펼쳐놓고 알 수 없는 기호들을 그리기 시작했다. 그런 선영을 모르는 체하고 남편은 텔레비전을 보았다. 텔레비전을 보다가 지치면 낚시 도구를 챙겨 나가서 밤을 새우고 오기도 했다. 선영은 나가는 남편을 불러 세우고 혼자 있기 힘드니까 나가지 말라고 붙잡기도 했다. 남편이 집에서 꼼짝 않고 텔레비전을 보고 있으면 혼자 있고 싶다고 낚시나 다녀오라고 하기도 했다. 그러면 남편은 아파트가 떠나가라고 고함을 질렀다. 나보고 어쩌라고. 도대체 나보고 어쩌라고. 나도 힘들어. 나도 힘들어 죽겠다고. 제발 나 좀 그만 괴롭히라고.

서울에서 계속 살았더라면 그런 일은 일어나지 않았을 것이다. 내 새끼들을 잃지 않았을 거라고.

선영은 그 말이 튀어나올까 봐 어금니를 꽉 물었다. 그녀는 알고 있었다. 남편은 아무 죄가 없다. 먹고살기 위해 남해로 일자리를 찾아 내려온 것뿐이다. 그것뿐이다.

우리 집안은 대대로 교육자 집안이에요. 우리 부모님도 그렇고 우리 애들도……

선영은 여자의 말을 자르고 일어섰다.

입주자 대표를 만나서 알아보세요. 난 관리사무소에 가서 다시 말해볼게요.

그러자 남편이 말했다.

이제 그만 해. 보일러에서 나는 소리라고 했잖아.

선영을 걱정하듯 나긋나긋 말했다. 여자 앞에서 애처가처럼 보이고 싶은 모양이었다.


남편은 생선 가시를 바르고 있었다. 살을 바르는 족족 입으로 가져가고 남은 가시를 접시에 놓았다. 살점 하나 없는 가시들이 접시에 수북이 쌓였다. 생선을 다 발라먹고 국물에 밥을 말아먹었다. 후룩 후룩 후루룩……

저렇게 맛있을까.

저렇게도 맛날까.

선영은 속으로 중얼거렸다. 내 새끼들은 밥도 못 먹고 차디찬 물속에 있는데 뭐가 저렇게도 맛날까. 그녀는 국그릇을 뺏는 대신 뜨거운 국물을 더 채워주었다.

밥을 다 먹고 난 남편은 귤껍질을 까고 과육에 붙어 있는 실오라기를 한 가닥 한 가닥 뜯어냈다. 노랗고 말랑말랑한 알맹이를 입에 쏙쏙 넣고 꼭꼭 씹으며 텔레비전을 보고 있었다. 저녁 뉴스는 아침 방송을 재현하고 있었다. 층간소음에 시달리던 여자가 위층으로 올라가 벨을 눌렀고, 문을 열어주는 남자를 칼로 찌르는 장면을 모자이크 처리해서 보여주고 있었다.

소리 좀 난다고 사람을 죽여? 그런다고 사람을 죽여?

입가에 흘러내리는 과즙을 손바닥으로 닦으며 남편이 말했다. 설거지를 하려던 선영은 남편을 돌아보았다.

나는 원망할 대상도 없어. 용서하고 싶어도 용서할 대상도 없어.

그만 해. 이제 그만 하라고.

벌써 잊어버렸어? 당신은 가족도 아니야?

그래, 나는 못 느껴. 나는 아무것도 못 끼낀다고.

그래서 자식들을 잃고도 맛있게 밥을 먹을 수가 있겠지.

선영은 비아냥거렸다.

안 느껴. 못 느껴. 느끼고 싶지 않다고.

남편이 고함을 지르며 낚싯대를 챙겨 나가버렸다.

다 가버려라. 다 꺼져버려라.

선영은 요란한 소리를 내며 닫힌 현관문을 노려보았다. 어떻게 저렇게 맨정신으로 살 수가 있냐고, 어떻게 저렇게 술 한 방울도 안 먹고 멀쩡한 정신으로 살 수가 있냐고. 최소한 알코올 중독이라도 돼야 하지 않아?

톡. 탁. 틱……

또 그 소리가 들렸다. 선영은 세모 네모 동그라미를 그렸다. 세모와 네모와 동그라미를 무수히 반복해서 그렸더니 세모의 끝이 점점 둥글어지면서 네모가 되고 네모의 모서리가 점점 둥글어져서 동그라미가 되었다. 세모, 네모, 동그라미. 세모, 네모, 동그라미.

동그라미 안에 아이들의 얼굴이 보였다. 용돈 좀 주세요, 아버지. 저 오늘 학교 준비물 사야 돼요. 돈이 어딨어. 니들이 벌어서 사. 아버지의 호통에 녀석들은 입을 다물었다. 엄마, 엄마가 주면 안 돼요. 엄마는 돈이 없어. 애들 돈 좀 줘요. 용돈도 좀 주고요. 배부른 소리 하지 마. 먹이고 입히고 재워주는 것만도 감지덕지지. 아버지. 수영 배우고 싶어요. 강습비 좀 주세요. 수영하고 싶으면 바닷가에 가서 하면 되지. 사방천지가 바다인데 뭐하러 돈 들어서 수영을 배우냐고. 바다에서 놀다보면 저절로 배워지는 게 수영이지.

세모 안에 수영하는 아이들의 모습이 보였다. 허우적대다가 물을 먹는 모습도 보였다. 숨을 몰아쉬며 캑캑대는 아이들의 모습도 보였다. 네모 안에 있는 아이의 일기장, 가방, 연필, 노트 등을 한없이 쳐다보았다. 아이들이 보고 싶었다.

톡. 뚝. 틱……

아이들이 엄마를 부르는 소리가 들렸다. 선영은 밖으로 나가기 위해 신발을 신었다. 얼마 전에 이사를 왔다는 생각에 도로 책상 앞에 앉았다. 눈을 감고 아이들이 놀던 놀이터를 지나고, 아이들이 자주 가던 피시방을 지나고, 아이들이 들락거리던 분식집을 지나고도 한참을 더 걸어서 바닷가로 갔다. 바다는 억수같이 내리는 비를 받아먹고 있었다. 저 속이 얼마나 깊은지 알고 싶었다. 저 속이 얼마나 무서운지 알고 싶었다. 저 속이 얼마나 차가운지 알고 싶었다. 엄마, 여기서 뭐하고 있어요, 집으로 돌아가세요, 제발 돌아가세요. 아이들이 등을 떠밀었다. 선영은 걷고 또 걸었다. 걷다 보면 다시 그 자리에 서 있었다. 철썩거리는 소리가 멀어지고 그 소리가 귓속을 가득 메웠다. 그 소리를 듣지만 않았어도 이런 일은 벌어지지 않았을 거라고, 선영은 억지를 부렸다. 그 소리를 듣지 않았더라면.

똑. 탁. 딱……

야심한 밤에 불청객이 노크하는 소리 같았다.

그때가 몇 시쯤 됐을까. 누군가 문을 두들겼다. 꼭두새벽에 누군가, 하고 문을 열었더니 낯선 사람 두 명인가 서 있었다. 아이들이 집에 안 들어왔냐고 물었다. 아이들은 도서관에 있을 거라고, 시험공부 중이라고 선영은 말했다. 그들은 무작정 같이 가보자고 했다. 선영은 엉겁결에 그들을 따라나갔다. 그들이 택시를 잡아탔고, 택시는 어판장을 지나 바닷가를 끼고 돌았다. 집에서 멀지 않아 산책 삼아 가곤 했던 동네 해수욕장이었다. 밤바다는 시커멓게 출렁거리며 빨갛고 파란빛을 삼켰다가 토하기를 반복하고 있었다. 불길한 예감이 파도쳤다. 택시에서 내리자 두 사람이 선영의 양쪽 팔을 꽉 붙들었다. 마음을 단단히 하십시오. 그들의 말에 선영은 몸을 뒤로 빼다가 엉덩방아를 찧었다. 마음이 먼저 앞으로 달려가 고꾸라졌다. 그들이 선영을 부축해 모래사장을 지나 갯바위 아래 멈췄다. 시신 두 구가 가마니에 덮여 있었다.

확인을 시키러 온 거더라고. 너희들이 맞는지 확인을 하러 온 거더라고.

선영은 마치 아이들이 앞에 앉아 있는 양 중얼거렸다.

책벌레 아들이 책 보다가 사고가 났나, 욕쟁이 아들이 누구랑 싸움이 붙었나.

선영은 아이들을 기다릴 때처럼 집 안을 서성거렸다. 이제 곧 올 거라고, 엄마, 하고 부르며 들어올 거라고, 선영은 현관문을 뚫어지게 바라보았다. 이윽고 문이 열리는 소리가 났고, 선영은 반사적으로 뛰어나갔다.

이제 좀 괜찮아졌냐? 소리가 좀 덜 나냐?

낚시터에서 돌아온 남편이 물었다. 선영은 물끄러미 남편을 쳐다보았다. 그날, 저 위인은 회식을 하고 있었지. 늦도록 전화를 안 받아서 속을 썩었지. 이런 생각이 스치고 지나갔다.

왜, 소리가 안 났으면 좋겠어? 그럼 내가 편안했으면 좋겠어? 편안하지 말자. 우리 서로 편안하지 말자고.

선영의 목소리에 날이 섰다.

너 지금 나를 고문하는 거지?

남편이 낚싯대를 내던지며 선영의 멱살을 틀어쥐었다. 선영의 상체를 이리저리 흔들며 으르렁거렸다.

언제까지 나를 고문할 건데? 도대체 언제까지 할 건데?

남편의 손이 더욱 거칠어졌다. 선영은 남편을 두 손으로 세차게 밀쳐내고 방으로 들어왔다. 남편의 입에서 상스러운 욕설이 튀어나왔다. 욕설은 어느덧 울먹임으로 바뀌었다.

어렸을 때 소를 데리고 나와서 풀을 뜯기고 있었는데 잠깐 놀다 보니까 소가 없어졌어. 아무리 찾아도 없었어. 어두워질 때까지 찾다가 소가 길을 잃으면 공동묘지에 가서 주인을 기다린다는 말이 문득 생각났어. 캄캄한 산을 올라가니까 진짜 소가 있더라고. 소도 좋아서 머리를 비비고 나도 소를 안고 울었어. 지도 무섭고 나도 무서워서 울었어. 사방이 아무것도 안 보여서 움직일 수 없었어. 소꼬리를 잡으면 소가 집을 찾아간다고 하더라고. 소꼬리를 잡았더니 진짜 소가 집을 찾아가더라고. 소 잃어버리고 찾다가 늦게 왔다고 부모한테 죽도록 맞았어도 아프단 말도 못했어.

남편은 울면서 말하고 있었다.

낫으로 벼를 베다가 손가락 살을 베서 뼈가 드러났어도 부모한테 야단맞을까 봐 말도 못했어. 부모님 몰래 물렁해진 뼈에 가루약을 뿌리고 피 엄청 쏟고 쓰러져버렸어. 방에 쓰러져서 깨어보니 아무도 없었어. 달리기하다가 나무에 부딪쳐서 이빨이 부러졌는데 부모한테 혼날까 봐 말도 못하고 혼자 앓았어. 겨드랑이 혹 나서 혼자 병원에 가서 마취도 없이 찢었어. 지게 지고 나무하다가 놀고 왔다고 죽도록 맞아도 아프다는 말도 못했어.

그래, 난 아무것도 못 느껴. 안 느껴. 느끼고 싶지 않다고.

울음소리가 희미해지면서 그 소리가 집 안 가득 차올랐다.

툭. 탁. 툭……

선영은 그 소리를 듣는 것 말고는 아무것도 할 수 없었다.

카나페

1밀리 두께의 연어 살을 반으로 접는다. 연어 살이 겹을 이루도록 말아 쥐고 천천히 돌려가며 끝부분을 젖힌다. 부드러운 재료로 만드는 카나페는 조심스럽게 다뤄야 한다. 자칫 힘을 주면 망가져버리니까. 꽃잎을 한 겹 한 겹 만져주며 꽃 모양을 살린다. 연어로 만든 꽃의 중앙에 수술을 심는다. 그 위에 이슬이 맺힌 것처럼 휘핑크림 한 방울을 떨어뜨린다. 마지막으로 케이퍼 향초 한 알을 올린다. 지난번 두 알을 올렸을 때 향이 너무 강하다고 주방장에게 잔소리를 들었다. 뭐든 너무 잘하려고 하면 역효과가 난다. 한 알이면 비린내를 없애기에 적당할 것이다. 연어 살로 만든 장미꽃을 달걀노른자 위에 올리고 겨자 잎사귀를 꽂는다. 드디어 새먼 카나페가 만들어졌다.

작게, 아주 작게 만들어요. 한입에 쏙 들어갈 수 있게.

주방장은 누누이 말한다.

카나페의 생명은 아름다움이라고.

이른바 고부가가치 식품인 카나페는 호텔에서 매우 중요하게 여긴다. 그러니까 여자를 대하듯이 조심조심 다루라고.

소스통을 씻고 있는 그녀를 훔쳐본다. 무릎 바로 아래까지 내려오는 흰색 유니폼을 입고 머릿수건을 두르고 있다. 묶인 생머리가 등에 찰싹 붙어 있고, 허리를 꼭 죄는 앞치마 끈이 리본 모양으로 묶여 있다. 호텔에 드나드는 화려한 여자들에 비해 그녀는 시골 색시처럼 수수해 보인다. 순박한 얼굴에 화장을 하지 않아 더욱 맑아 보인다. 가느다란 발목 위의 흰 면양말과 검은 단화를 신은 모습이 여학생 같다. 스무 살 그녀를 몰래 훔쳐보고 있는 서른 살 나는 왠지 쓸쓸해진다.

사프론을 가져와 물에 푼다. 꽃 수술인 사프론을 미지근한 물에 타자 노란 물이 우러난다. 재료 자체의 고유한 색깔을 살려 장식하는 게 기본이지만 식용 색소에 살짝 물들이기도 한다. 흰양파에 칼집을 내서 사프론을 탄 물에 담근다. 잠시 후, 노란 양파 꽃이 물속에서 피어날 것이다. 대부분의 과일과 야채는 꽃을 만들 수 있다. 사과꽃, 배꽃, 망고꽃, 파파야꽃, 아보카도꽃.

이게 뭐예요?

그녀가 묻는다.

아보카도.

과일 이름을 가르쳐주는 나를 그녀가 빤히 쳐다본다. 아보카도, 라고 말하는 내 입속까지 붉어진 느낌이다. 만져봐도 되냐는 그녀의 물음에 나는 아무 말도 할 수 없다. 비싸냐는 물음에도 입이 떨어지지 않는다. 나는 아보카도에만 시선을 두고 있다.

뭐 만드는 거예요?

그녀가 내 곁으로 바짝 다가선다.

꽃.

나는 무뚝뚝하게 대답한다. 쿵쿵거리는 내 심장 소리를 그녀가 눈치챌까 봐 진땀을 흘린다. 숨을 깊이 들이마신 순간, 날카로운 장식용 칼이 손가락을 스친다. 깜짝 놀란 그녀가 내 손가락을 들여다본다.

조심하세요. 그러다가 큰일나요.

그녀의 말에 나는 화난 사람처럼 아무 말도 하지 않는다. 나는 그녀 앞에만 서면 얼굴이 굳고 며칠 지난 식빵처럼 혀가 딱딱해진다.

2층 송년 파티, 빨리 올리자고!

누군가 소리친다. 오레가노 허브로 크리스마스트리를 만들고 있던 직원들의 손길이 빨라진다. 대형 냉장고의 문이 열릴 때마다 그녀의 머릿수건이 물결친다. 소시지, 닭고기, 소고기, 생선, 가리비. 차게 식힌 음식들이 쟁반에 담긴 채 장식을 기다리고 있다. 장식을 마친 쟁반을 아르바이트 학생 두 명이 파티장으로 나르느라 주방 문을 들락거린다. 바쁘다, 바빠. 오늘 같은 날은 수당을 올려줘야 하는 거 아냐. 난 사흘째 집에 못 들어갔다구. 속옷 좀 갈아입어. 음식에 냄새 밸라. 모두가 버릇처럼 푸념을 늘어놓는다.

아, 배고파. 지금 빵 나올 시간인데. 난희가 빵집 가서 한 번만 웃어주면 거저 빵을 줄 텐데. 소 혀를 썰며 뷔페 담당이 말한다. 정 배고프면 난희 잡아먹지 뭐. 난희야, 양상추만 씻지 말고 나 좀 챙겨줘. 왜 그렇게 무관심해. 소스 담당이 끼어든다. 과장님이 준비물인가요, 챙기게? 상추 씻는 손길을 멈추지 않으며 그녀가 대답한다. 그녀의 말에 사람들의 웃음소리가 터져 나온다.

농담의 수위가 한 단계 높아진다. 난희야, 어젯밤 집에 잘 들어갔지? 무슨 소리야, 어젯밤 내가 집까지 바래다줬는데. 소스 담당과 뷔페 담당이 맞장구친다. 그녀의 등에, 아니 그녀의 겨드랑이에 난 점을 봤다고 옥신각신한다. 다들 안 봤구만. 난희 몸에 점 없던걸. 그렇지 난희야? 스무 살 그녀는 얼굴이 빨개진다. 허벅지에 있던 걸요. 지나가던 아르바이트 학생이 툭 내뱉는다. 쪼끄만 게 끼어들긴. 지도 남자예유. 웃고 떠드는 그들의 입에 썩은 양파를 물리는 건 어떨까.

남자들이 무슨 말을 하든 말든 그녀는 말이 없다. 고기가 빨리 식으라고 부채질을 하고 있다. 난희야, 너 여기 있다가 다 버리겠다. 다른 데로 옮기든지 해야지 원. 아무것도 모르는 애 데리고 못하는 소리들이 없네. 하여간 남자들이란…… 나이 지긋한 고씨 아줌마가 한마디 한다. 아줌마도 참 모르는 소리 하시네. 스무 살이면 알 거 다 알지. 알아듣고 저렇게 웃고 있잖아. 난희야, 너 이 아저씨한테 점 보여주면 큰일난다. 알고 보면 속이 시커먼스야. 누군가 나를 가리키는 말에 그녀가 피식 웃어버린다.

그때 동료 김이 나선다.

이제 그만들 하시죠.

그러면서 그녀를 함부로 다루지 말라고 핀잔을 준다.

뭐 자기 애인이라도 되남. 아니면 몰아줄 테니 애인 하든가.
그러자 김이 안 그래도 그럴 생각이라고. 오늘은 자기가 데려다
줄 테니 다들 빠지라고 한다. 유부남인 주제에 낄 데 안 낄 데 구
분을 못한다. 나는 속으로 다짐한다. 오늘은 꼭 내가 데려다줄
거라고.


3층 연회장에 쟁반 일곱 개 올려.

샐러드 무쳐 나가.

상추 씻고 빵 가져와.

잇따른 고함 소리에 알아들었다고 외치는 그녀의 목소리도 덩
달아 크게 터져 나온다. 말 많고 거친 이곳에 그녀는 잘 적응해
간다. 그릇을 닦고, 야채를 씻고, 이것저것 시키는 대로 준비해
주는 조리사 보조의 앞치마가 지저분하다. 상추를 가득 담은 그
릇을 작업대 위에 놓고 그녀는 빵집으로 가기 위해 카트를 끌고
나간다.

건너편 메인 주방에서 양송이 수프 끓이는 냄새가 풍겨 온다.
여러 가지 야채와 닭 뼈를 넣고 고는 국물 냄새도 난다. 이곳은
찬 음식만 취급하기 때문에 음식 냄새가 별로 나지 않는다. 커다

란 쟁반 위에 카나페들이 하트 모양을 그리며 진열되어가고 있다. 그 모습을 그대로 비춰주는 유리 쟁반은 디너쇼의 분위기와 잘 어울린다. 이곳에서는 주로 카나페를 만들고, 외부에서 익혀 온 고기를 차게 식혀 쟁반에 담고 장식해서 파티장에 보낸다. 오늘 같은 크리스마스이브에는 장식에 더욱 신경 써야 한다. 식욕을 돋워주는 카나페는 맛은 물론이지만 손님들의 시선을 끌어야 한다. 그러기 위해 장식이 필요하다.

대파의 흰 부분을 쥐고 칼집을 낸다. 눈어림으로 다섯 등분한 다음, 오분의 사 정도 선까지 깊게 파고들어간다. 파줄기를 풍성하게 한다고 칼질을 너무 하면 안 된다. 욕심을 부리면 헝클어진 머리카락처럼 산만한 느낌이 들게 마련이다. 겉은 얕게, 속은 깊숙이 칼질한다. 파를 잡고 있던 손을 놓는다. 파 줄기가 사방으로 퍼지면서 카나페 광장의 분수로 태어난다. 카나페 사이사이에 파줄기로 만든 분수를 세운 뒤, 양파로 된 꽃을 심고 붉은 무로 깎은 나비를 장식한다.

그녀는 울고 있다. 양파 껍질을 벗기다가 매워서 눈물을 흘리는 것은 흔한 일이었는데도 나는 이상하게 맘이 아프다. 그럴 땐 양파를 조금 썰어가지고 입에 물고 해봐. 그럼 덜 맵거든. 그녀에게 말한다. 그러자 김이 그녀의 손에서 양파를 뺏어 든다. 빠른 속도로 양파 껍질을 벗기기 시작한다. 괜찮아요, 제가 할게요. 그녀가 말했지만 김은 아랑곳하지 않고 계속해서 양파 껍질을 벗기고 있다. 끝까지 벗기면 뭐가 나올까? 김이 그녀에게 묻는다. 그녀가 고개를 갸우뚱거린다. 나는 카나페를 만들며 김과 그녀의 대화를 엿듣는다.

너 빨리 병원 가봐라. 김이 말한다. 왜요? 그녀가 묻는다. 간이 나쁜 것 같아. 음, 그렇다면 다행이다. 왜 그러시는데요? 눈자위에 초록빛이 도는 건 간이 나쁘거나 누굴 유혹하거나 둘 중하나거든. 다른 사람은 몰라도 난 유혹하지 마라. 난 절대로 유혹에 안 넘어가는 사람이다. 내가 유혹하면 몰라도. 그리고 난 너처럼 보조개 들어가는 여자 안 좋아한다. 보조개 있는 여자들이 끼가 많아서 나중에 남자를 울리더라. 나 두 번 다시 여자에게 배신당하고 싶지 않다. 내가 배신하면 몰라도. 그녀는 왜 김의 옆에 붙어 서서 저런 쓸데없는 말을 다 듣고 있을까. 날 어떻게 보고 그런 말을 지껄이느냐고 따귀를 갈겨버리지 않고서. 그녀를 이대로 방치해서는 안 되겠다는 생각이 든다. 나는 다시 한번 다짐한다. 오늘은 반드시 내가 데려다주리라고.


밖에 눈이 올까? 지하에 처박혀 있으니 눈이 오는지 비가 오는지 알 게 뭐야.

김이 투덜거린다.

눈이라도 펑펑 내리면 분위기 한번 잡아보는 건데. 그렇지 난희 씨?

내가 할 말을 김이 대신하고 있다. 그녀가 오고부터 업장의 분위기가 달라졌다느니, 어쩐지 훈훈한 분위기가 감돈다느니 하는 소리를 주절대고 있다.

　분위기는 여기서 찾지 말고 3층 연회장 가서 찾으시지. 지금쯤 나훈아가 분위기 잡고 있을 텐데.

　나는 중얼거린다.

　난희 씨, 우리 나훈아쇼 보러 갔다 올까? 지금 분위기 잡고 있다는데, 응?

　지겹다. 그놈의 분위기 타령.

　어제 일을 마치고 퇴근하는데 비가 오고 있었다. 비를 고스란히 맞고 전철역으로 갔다. 김이 전철을 기다리고 있었다. 얼마 뒤 그녀가 왔다. 김이 반색하며 그녀에게 다가갔다. 비 맞은 난희 씨 모습은 더욱 아름답네요, 뭔가 분위기가 있어요, 하면서 뺨에 붙어 있던 머리카락을 떼어 귀 뒤로 넘겨주었던가. 이건 내 상상일지도 모르지만. 그 순간 내가 김을 밀쳐버리고 그녀의 손을 잡고 전철역을 나와서 막 떠나려는 택시에 올라탔고, 김의 어이없어 하는 얼굴이 차창 밖으로 멀어져가는 것을 보았다면 얼마나 좋았을까. 이것은 지금 한 상상일 뿐이다. 그리고 언젠가는 반드시 실행하고 싶은 희망 사항이다. 꼭 김이 보는 앞에서 그렇게 하고 말리라. 유부남의 콧대를 납작하게 눌러버리고 정신을 차리게 해줘야지.

　그녀에게 수작을 걸고 있는 김을 가만히 훑어보았다. 노랗게 염색한 머리카락, 한쪽 귓바퀴를 꽉 꼬집듯이 끼어 있는 귀고리, 개 줄처럼 보이는 쇠사슬 목걸이, 보통 키에 서글서글한 눈매,

우뚝 선 콧날과 얄팍한 입술. 바람둥이 같은 외모는 마음에 안들었지만 그녀를 대하는 넉살 좋은 표정과 자연스럽게 흘러나오는 거리낌 없는 말투가 몹시 부러웠다. 내가 데려다줄까? 날 바래다주면 더 좋고. 김은 연신 말하고 있었다. 그녀는 검은색 코트에 바지를 입고 한쪽 어깨에 가방을 메고 있었다. 그녀가 웃자 코트 깃에 달린 하얀 털이 후르르 날리는 게 보였다. 하필이면 내가 탈 전철이 먼저 왔다. 나는 떨어지지 않으려는 발을 들어 겨우 전철 안으로 내디뎠다. 전철 차창 너머로 보니 두 사람이 다정하게 말을 하고 있었다.

요리할 때 마음을 편안하게 가지는 게 중요하다. 카나페를 만들 때는 특히 주의해야 한다. 손가락 마디만큼 자른 식빵 위에 갖가지 재료를 올려놓고 장식하기 때문에 다른 요리보다도 더욱 세심한 손길과 집중력이 필요하다. 그래서 카나페를 만들려면 십 년 정도의 요리 경력이 있어야 한다.

절인 멸치가 주재료인 앤초비 카나페, 조갯살을 사용한 스칼롭 카나페, 바닷가재 살로 모양을 낸 랍스터 카나페, 철갑상어 알로 만든 캐비어 카나페, 거위 간으로 만든 푸아그라 카나페, 무지개 송어로 만든 트라웃 카나페, 왕게 다리 살로 만든 크랩미트 카나페, 아메리칸 치즈 카나페 등등. 나는 그중에서 연어 살 카나페를 가장 좋아한다. 연어 살로 장미꽃을 만들면 그녀의 얼굴이 어른거린다. 메인 요리가 나오기를 기다리며 와인과 함께 곁들여 먹는 카나페는 술안주로도 훌륭하다. 언젠가 나는 그녀를 집으로 초대하고 카나페를 만들어주기로 마음먹은 적이 있었다.

연어 살은 알래스카산을 최고로 쳤다. 호텔에서처럼 알래스카 수입 연어 살을 사용하면 좋겠지만 그건 대량 판매밖에 안 됐다. 호텔 지하 3층에 있는 가게에 가서 물어보았더니 소량 판매도 가능했다. 나는 직원이니까 주문하면 살 수 있었다. 그런데 값이 너무 비쌌다. 100그램에 만 원. 한 장에 20그램쯤 나가니까 만 원어치 사봤자 5장밖에 안 된다. 적어도 40장은 있어야 모양이 갖춰질 텐데. 고민하다가 국산을 사기로 마음을 바꿨다. 요즘엔 국산도 잘 나왔다. 백화점 식품 코너로 가려다가 다시 발길을 돌렸다. 아무래도 알래스카산을 사야 제맛이 날 것이다. 알래스카산 훈제 연어는 오염이 안 된 심해에서 살기 때문에 살이 탱탱하고 쫄깃쫄깃하다. 찬물에서 사는 것들일수록 신선도가 높은 것은 고생하며 살았던 대가일 것이다. 나도 고생을 좀 해야 세상 물정을 알게 되겠지. 나는 시장으로 갔다. 마음이 울적할 때 찾아가곤 했던 시장이라 길을 잘 알고 있었다. 시장 사람들의 활기찬 모습을 보면 무겁게 처진 마음에 활력이 살아나곤 했다. 남대천수산에서 훈제 연어 살과 캐이퍼를 샀다. 계란과 식빵은 집에 있었고 나머지 재료는 개발 차원에서 사용하면 된다. 그런데 이게 어떻게 된 일일까. 집에 와서 막상 만들려고 하니까 잘되지 않았다. 계란은 자르는 대로 부서져버렸고, 빵 모양은 제대로 나오지 않았고, 연어 살은 손안에서 미끌거렸다. 나는 다시 카나페를 만들었다. 실패의 연속이었다. 결국 망가진 카나페를 내가 먹었다. 물컹한 연어 살이 혀에 감겼다. 비릿하고 부드럽고 약간 매운맛이 혀끝에 남았다.


여자를 다루듯이 살살 다루라고. 살살.

주방장은 누누이 말한다.

그러니까 난희처럼 순진한 여자란 말이야. 아직 경험이 없어서 남자가 뭔지도 모르는 여자란 말이야. 난희는 속으로, 난 카나페가 아니고 메인 요리라고 말하고 싶을지도 모르겠지만 내 생각은 그래. 헤헤헤.

주방장이 그녀를 보며 장난스럽게 웃는다.

늑대들이 우글거리는 소굴에서 살아남으려면 정신 바짝 차려야 할 거야. 다들 칼을 쓱쓱 갈고 있잖아. 헤헤헤.

주방장이 실실거린다. 무슨 기분 좋은 일이 있나 보지. 이러다가 돌변할 테니까 긴장하라는 조짐이다. 주방장이 외부로 나가자마자 직원들이 수군댄다. 몇몇 여직원들이 주방장의 은근한 압력에 못 이겨 함께 잠을 잤다는 소문이다. 그 소문이 돈 지는 꽤 오래되었다. 이백 명도 넘는 요리사들을 대표하는 주방장이 그런 짓을 하다니. 그냥 둘 수 없다고, 고발해야 된다고 다들 입을 모은다. 실제로 봤어? 못 봤지. 소문이니까. 주방장이 없을 때는 돼지, 하마, 고릴라, 불도그, 불한당 같은 무자비한 별명을 붙여 욕지거리를 내뱉고는 막상 그 앞에서는 눈치를 본다. 소문이 사실이라면 어떻게 주방장이 될 수 있겠냐고.

그 여자에 대한 소문 또한 만만치 않다. 도대체 몇 놈이랑 잤
는지도 모른대. 무지하게 순진한대. 다들 귀가 솔깃하게 열렸다.
누군데? 모르지. 알면 저부터 잡아먹으려 들걸. 콜라에 술을 탔
더니 그대로 뻗었대, 맥주에 소주를 탔더니 고꾸라졌다더만. 남
자 직원들 대부분이 그 여자랑 잤대. 그럼 그 여자가 이백 명도
넘는 남자랑 잤단 말인가. 아무리 소문이라지만 너무 심하네.

그녀는 소시지를 고르고 있다. 소시지의 크기를 분류해서 여
러 개의 접시에 올려놓고 있다. 새끼손가락만 한 것에서부터 팔
뚝만 한 것까지 소시지 크기가 다양하다. 소시지를 쟁반에 나열
하며 직원들이 농담한다. 이거는 아기 고추만 하네. 이거는 돌쟁
이 것, 이거는 사춘기, 이거는 이십대, 이거는 삼십대. 그러고는
사십대에서 칠십대까지 줄줄이 읊어댄다. 어라, 이거는 팔십대
네? 어이, 거기 그만 좀 해. 남자는 입으로 말하는 게 아니라 이
걸로 말하는 거야. 그렇지 난희야? 누군가 팔뚝만 한 소시지를
들고 흔든다. 그녀는 소시지 쟁반을 작업대 위에 내려놓고 나가
버린다. 어디 가, 일 안 하고? 누군가 묻는 소리에 화장실 가요,
하는 그녀의 목소리가 들린다. 직원들이 다투듯이 말한다. 부끄
러워서 저러는 거야. 화가 난 거야. 얼굴이 붉으락푸르락하던데
그만 하자고.

이내 들어온 그녀는 앞치마를 갈아입고 세수를 했다. 그녀의
얼굴이 형광등 불빛에 환하게 빛난다. 그녀는 아무렇지도 않다

는 듯 생글생글 웃으며 소시지를 고른다. 소시지 쟁반을 장식하며 직원들이 말한다. 주문이 들어오나, 음식 냄새가 나나. 웨이트리스 아가씨들이 왔다 갔다 하며 윙크를 해주나. 하루 종일 손가락만 꼼지락거리고 있었더니 이상하게 입으로 열기가 올라오네. 이놈의 지하 세계가 너무 썰렁해서 그래.

쟁반 위에 눈이 수북이 쌓였다. 크리스마스트리, 은종, 산타할아버지의 썰매, 루돌프 사슴도 있다. 붙박이장 같은 냉장고의 문들이 활짝활짝 열릴 때마다 다른 주방에서 지원 나온 여자들의 머릿수건이 물결친다. 외부에서 익혀온 음식을 차게 식히는 일은 여자들이 한다. 식은 음식을 보기 좋게 잘라 쟁반에 담고 장식하는 일은 남자들이 한다. 아스파라거스, 브로콜리, 허브 등의 샐러드와 여러 가지 야채를 섞어 초절임하는 피클은 여자들이 만든다. 요리에 서툰 여자들은 보조해주고 숙달된 남자들이 카나페를 만든다. 여자들은 말없이 일하고 남자들은 틈만 나면 농담을 한다.

어떤 업장의 누구는 허리가 통나무라는 둥, 누구누구는 개미허리라는 둥 입만 열었다 하면 여자 얘기다. 한쪽 가슴은 큰데 다른 쪽 가슴은 작은 여자, 젖꼭지가 건포도처럼 작고 쪼글쪼글하거나 방울토마토처럼 크고 탱탱한 여자, 젖꼭지 색깔이 시커멓거나 딸기처럼 붉은빛을 띤 여자 등등. 로비에서 일하는 여자들 중에는 누구는 브래지어를 안 하고 다니고 누구는 팬티도 입지 않고 다닌다는 둥. 누구는 누구하고 연애하고 다른 누구는 누구랑 헤어졌다는 둥. 그러고는 다시 그 여자 이야기로 돌아온다. 살짝만 찔러도 넘어갈걸. 건드리지 마. 이번엔 내 차례야.

나는 지하 세계의 썰렁한 농담과 소문을 들으며 카나페를 만든다. 온종일 카나페를 만들고 장식을 하다 보면 주방이 공장이고 내 손이 기계처럼 느껴질 때가 있다. 똑같은 카나페, 똑같은 장식. 지겹다, 뭔가 재밌는 일 없나. 그럴 때 나는 늘 쓰던 재료를 살짝 바꾼다. 소시지로 만든 고깔모자에 양파 링을 끼우는 대신 올리브를 얇게 썰어 씌운다. 무즙을 다진 양파로 바꿔 꽃의 수술을 심는다. 요리사는 늘 새로운 재료를 개발해야 한다. 요리의 발전을 위하여, 손님들에 대한 서비스 차원에서도 그 말은 유용하다. 나는 흰 무를 기다랗게 썰어 엮어 울타리를 만든다. 돼지비계가 물방울처럼 방울방울 박혀 있는 살라미 소시지보다 흰 무가 훨씬 산뜻해 보인다.


이거 누가 만들었어?

어느 틈에 주방장이 내 옆에 서 있다.

카나페 하나 제대로 만들 줄 모르면서 어떻게 퍼스트 쿡까지 왔는지 이해가 안 가네.

주방장의 말은 거기서 끝난 게 아니다.

자넨 처음부터 다시 배워야겠어.

한술 더 떠 김을 불러 카나페 만드는 법 좀 확실하게 가르쳐주라고 하는 게 아닌가.

주방장을 사이에 두고 나와 김의 눈이 마주쳤다. 서로 눈길을 피해버린다. 김은 기계로 찍어놓은 치즈 크래커 같은 것을 만들고 있었지만 나는 저런 식의 창의력이라고는 느껴지지 않는 것은 아예 만들고 싶지도 않았다. 버터 바른 빵 위에 달걀노른자를 올리고 그 위에 치즈 하나 달랑 올려놓은 멋없는 카나페. 김은 늘 똑같은 것을 만들고 있었지만 나는 한 가지만을 계속해서 만들지 않았다. 먹고 싶은 게 많은 나는 이것저것 다 만들어보았다. 이태리, 미국, 불란서 식당을 옮겨가며 조리법을 배우며 나는 허브 잎사귀 하나라도 새롭게 사용하려고 노력했다. 주말이면 시장으로, 허브 농장으로 다니며 새롭게 쓸 재료들이 나와 있나 보았다. 사진을 찍어 주방장에게 제출하기도 했다. 그런 점을 좋게 봐주었던 주방장은 내 고과 점수에 따로 가산 점수를 주었다. 나는 얼마나 운 좋은 놈인지 하필이면 진급 때에 맞춰 주방장이 정년퇴임을 해버렸다. 전에 있던 주방장만 보면 으르렁대던 부주방장이 우두머리가 되니까 내 경쟁자를 부추겨 세운다. 그렇다고 기죽을 건 없다. 상황이 또 어떻게 바뀔지 그건 아무도 모르는 일이니까.

새로 바뀐 사장 별명이 감원제조기라는 거 우리 모두 잘 알고 있죠. 여기 오기 전에 있던 직장에서 인원을 반으로 감원시켜서 스카웃됐다는 사실도 아실 테고. 지금까지 직장에 붙어 있는 거 행운으로 아세요. 내 말 의미심장하게 새겨들으세요. 여러분은 행운아들이라고. 아직까지는. 그러니까 정신들 차리라고.

주방장은 직원들이 가장 꺼려하는 말로 분위기를 제압한다. 주방장과 사장이 한꺼번에 바뀌면서 다들 새벽같이 출근했다. 직원들은 커피 한 잔 섣불리 먹지 못했고, 점심시간도 반납하기 일쑤였고 퇴근 시간도 훨씬 넘겨야 했다. 그런데도 업장의 인원이 14명에서 9명으로 줄었다. 그럴수록 출근 시간이 앞당겨졌다. 모두가 잠든 새벽, 첫 지하철을 타고 출근해 캄캄한 복도를 걸어 썰렁한 주방의 불을 맨 먼저 켜보지 않은 자는 고독에 대해 논할 자격도 없다.

카나페를 만드는 목적이 뭡니까. 기본적인 요리고 식욕 촉진제고 술안주고 메인 요리를 위한 요리고 나발이고 다 필요 없어요. 한마디로 매상이에요, 매상. 매상 없이 미쳤다고 장사해? 요즘 장사 안 되는 것 알죠? 성질난다고 잡아 뜯지 말고 살살 다루라고 살살. 작게, 아주 작게 만들어요. 한입에 쏙 들어가게.

한바탕 일장 연설을 늘어놓고 나니 배가 출출한가 보다.

윗집에 가서 스페셜 메뉴 가져와.

난희는 커피 한 잔 가져오고.

주방장이 김과 그녀에게 각각 지시를 내리고 사무실로 들어간다.

정말 같이 잤을까? 소문이 짜하니 났던데. 젠장, 누군 새벽마다 아랫도리에 텐트를 치는 바람에 죽겠구만.

김이 기지개를 펴며 아우, 하고 소리를 지르다 말고 커피 잔을 들고 나가려는 그녀의 머리 위에 당근으로 깎은 나비를 올린다.

그녀가 나비를 떼어내 가만히 쳐다본다. 예쁘다, 어떻게 이렇게 만들지? 그녀가 중얼거린다. 가르쳐줄까? 김의 말에 그녀가 고개를 흔든다. 내가 사무실 앞까지 들어다 줄게. 김이 그녀의 손에서 커피가 든 쟁반을 뺏어 든다. 고요한 내 가슴에 나비처럼 날아와서…… 노래를 부르며 앞서 걷는 김의 뒤를 그녀가 따라간다. 나는 김이 만든 나비를 쓰레기통에 던져버린다.

 냉동 새우를 찬물에 담그고 연회 행사 일정표를 들여다본다. 사은회, 동창회, 가족모임, 신년회 등 정초까지의 행사 일정이 빼곡히 적혀 있다. 예약은 두 달 전에 끝난 상태고 여러 업장은 눈코 뜰 새 없이 바쁘다. 오늘은 세트 메뉴가 다섯 건에 뷔페 메뉴가 다섯 건, 모두 열 건의 행사가 있다. 손님들이 잔치를 벌이는 동안 요리사들은 죽어라고 일을 해야 한다.
 새우 살을 쓰는 카나페는 만드는 절차가 유난히 복잡하다. 지금 내 머릿속만큼이나 복잡하다고 해도 틀린 말은 아닐 것이다. 껍질을 벗기까지 새우는 고생을 좀 해야 한다. 녹여지고, 데쳐지고, 식혀져서 껍질을 벗은 새우는 고생한 보람도 없이 다시 소스에 절여진다. 나는 해동된 새우 살을 채로 건진다. 물기를 뺀 새우를 소스에 담근다. 소스에 절여진 새우는 다른 카나페보다 훨씬 쉽게 만들어진다. 버터 바른 토스트에 이등분으로 자른 새우를 올려놓기만 하면 된다. 너무 빨리 끝난 것이 아쉬운 듯 새우 등에 칵테일소스를 한 방울 떨어뜨리고 파슬리 다진 것을 점처

럼 찍어준다. 붉은 소스와 녹색 잎사귀가 어울려 보기 좋다. 자,
그동안 고생했던 보답을 해주마. 나는 소스에 절여진 새우를 건
져낸다. 맑은 소스에 담근 새우 살이 투명하다.

부주방장인 스위스 촌놈이 그녀에게 다가가고 있다. 한국말
이 서툴러 촌놈이라 불리는 스위스 촌놈이 베이비, 베이비, 하며
그녀의 엉덩이를 손바닥으로 툭 친다. 깜짝 놀라 돌아보는 그녀
의 어깨를 뒤에서 붙잡더니 얼굴을 앞으로 쑥 내민다. 뭐라고 지
껄이기 시작한다. 내가 알아들을 수 있는 단어라고는 베이비, 베
이비뿐이다. 저 스위스 촌놈이 미쳤다. 나는 들고 있던 칼등으로
도마를 내리친다. 녀석은 내 마음도 모르고 계속 떠들고 그녀는
놀란 눈으로 나를 보고 있다. 다시 칼을 내리치려다가 그녀를 보
고 참는다.

새우에 칼집을 넣자 연분홍 속살이 활짝 드러난다. 탱탱한 살
을 어루만지다가 새우 꼬리를 들어올린다. 불빛에 드러난 투명
한 새우 살을 입에 넣고 꿀꺽 삼켜버린다. 순간, 작업대 위에 쟁
반 굴러가는 소리가 난다. 스위스 촌놈이 신경질을 내는 소리다.
요리사는 함부로 먹을 수 없다, 현재 쓰고 있는 재료도 반으로
줄여라, 원가를 절감하라, 코스트 다운! 유 노? 너, 해고감이다.
직원들이 뭐라도 입에 넣으면 부르짖곤 했던 영어라서 다 알아
들을 수 있다. 나는 새우가 목에 걸려 캑캑거린다. 엉뚱한 생각
을 하느라고 녀석이 나를 보고 있는 줄도 몰랐다. 나는 캑캑대다
가 수도꼭지를 돌려 쏟아지는 물을 받아먹는다. 녀석의 서툰 한

국어가 들려온다.

물 아겨, 아겨, 엉!

주방 뒤 화장실 근처로 담배를 피우러 간다. 밥이나 먹고 오라구. 먼저 나와 있던 김이 담뱃불을 끄며 말한다. 여자 화장실에서 나오는 그녀의 등을 밀며 밥이나 먹으러 가자구, 하고 모퉁이를 돌아간다. 다들 나를 도와주기로 작정을 했구나. 김과 스위스 촌놈, 주방장과 직원들, 그것도 부족해서 그녀마저 나서는구나. 나는 담배를 피우고 업장으로 돌아온다. 그녀와 김은 밥 먹으러 갔는지 보이지 않는다. 냉장고 안을 살핀다. 야채 박스가 바닥을 드러내고 있다.

카트를 밀고 주방문을 나선다. 조리부 사무실 유리창 안으로 인사 조직표가 커다랗게 붙어 있다. 맨 아래 내 사진이 있고, 그 위에 우두머리들의 사진이 있다. 28개 업장의 각 파트 장들과 그 위의 부주방장들, 그 위의 총주방장의 사진을 훑어본다. 위로 오를수록 모자의 길이가 길어지고 목에 두른 스카프 색깔도 달라진다. 흰색, 녹색, 청색, 파란색과 빨간색. 김과 나, 녹색 스카프를 매고 어깨를 맞대고 있다. 내가 매고 싶은 청색 스카프를 김이 먼저 차지하는 것은 아닐까. 주방장이 김을 추어올리고 나를 깎아내리는 것은 기분상의 문제를 떠나 진급 문제가 걸려 있다. 해가 바뀌면 누구는 진급이 됐네, 안 됐네, 한동안 시끄러울 것이다. 이번에 진급이 안 되면 감원 대상 1순위로 더욱 힘든 시간을 보내야 한다. 고과 점수는 주방장이 사장에게 올리는데 좋은 점수를 줄까.

지하 2층으로 가는 길은 구불구불하다. 어두운 지하 비밀 통로를 걸어가는 기분이다. 대리석 바닥에 내 그림자가 따라오고 있다. 나는 지금 특수한 임무를 띠고 지하 비밀 통로를 걸어가고 있는 공작대원이다. 상상을 해보지만 기다란 모자가 내가 요리사임을 밝히고 있다. 나는 카트를 밀고 전진한다. 전체가 냉장고인 지하 2층은 복도를 사이에 두고 칸칸이 문이 달려 있어 내가 살고 있는 다세대주택의 대문을 연상시킨다. 농사일에 바쁜 엄마는 가뭄에 콩 나듯 와서 문부터 활짝 열어놓는다. 홀아비 냄새 난다고. 이번에 내려올 때는 꼭 색시 될 사람 데리고 오라던 엄마의 말이 떠오른다. 나는 그녀와 함께 버스를 타고 시골에 내려가는 상상을 한다. 상상만으로도 입가에 미소가 번진다.

야채실 문을 연다. 그런데 이게 어떻게 된 일인가. 밥 먹으러 간 줄 알았던 김과 그녀가 이곳에서 나를 반긴다. 과일 이름을 알려주려고 데려온 거야. 교육적인 측면에서 우리 아가씨를 모셔 온 거지. 김의 말에 나는 어안이 벙벙한 채 입구에 서 있다. 이 사람이 연애 좀 하려는데 말이야. 김이 다가와 나를 툭 치며 실실 웃는다. 눈을 찡끗하며 냉장고 입구를 막고 있는 카트를 안으로 밀어 넣는다. 바빠서 먼저 갑니다. 그녀를 데리고 나가는 것도 잊지 않는다. 나는 야채와 과일을 골라 카트에 싣는다. 붉은 무와 양파, 브로콜리, 아스파라거스, 체리, 포도, 파파야, 망고, 아보카도……

그녀와 나누었던 대화를 떠올린다.

이게 뭐예요?

아보카도.

이걸로 뭐 만드는 거예요?

꽃.

아보카도 꽃을 만들 때 내 옆에 서서 말했던 여자가 그녀였을까. 속이 푸르스름하네요. 복숭아씨만 한 게 들었네. 수줍던 목소리가 그녀의 목소리였을까. 고씨 아줌마가 그런 걸 착각하는 걸까. 연어 살을 사기 위해 헤매고 다녔던 일이 헛수고처럼 느껴진다. 비록 완성되지는 않았지만 그녀에게 줄 카나페를 만들었다는 것만으로도 나는 만족하고 있었다. 끝까지 포기하지 않고 카나페를 만들려고 했던 내 노력이 이제 와서 생각하니 비참하기 그지없었다. 나는 내 뺨을 세게 친다. 한 대, 두 대, 세 대. 정신을 차리자.


음식 가지고 장난치냐?

주방장이 구운 소고기 같은 얼굴로 나를 맞이한다. 내가 만들어놓은 울타리가 마음에 들지 않은 모양이다.

산뜻하지 않습니까?

나는 아무리 봐도 그 우중충한 고동색 살라미 소시지보다 무로 만든 것이 산뜻해 보인다.

살라미 가져와.

한숨을 길게 내쉬는 주방장을 뒤로하고 냉장고로 간다.

살라미가 없다. 다른 종류의 소시지는 다 있는데 그 고동색에 비계가 방울방울 박혀 있는 살라미 소시지만 보이지 않는다. 떨어진 재료는 마지막 쓴 사람이 채워놓아야 한다고 배웠는데 아직까지 그런 요리사를 보지 못했다. 그걸 알면서도 오늘 내가 왜 이럴까. 평소에 나는 냉장고 안을 수시로 점검하며 재료를 채워넣었다. 세상에서 가장 아름다운 카나페를 만들고 있다는 꿈에 도취된 채.

금방 가져오겠습니다.

나는 소시지를 만드는 주방으로 뛰어간다. 소시지 기계에 다진 내장을 밀어 넣고 있던 직원에게 살라미를 달라고 말한다. 그는 내 말을 못 들었는지 하던 일을 계속 하고 있다. 나는 닭 뼈를 바르고 있는 육우 담당에게 가서 말한다. 살라미 주세요. 빨리요. 닭의 뼈와 살을 정확하게 바르고 난 담당이 살라미를 꺼내준다. 나는 살라미를 쥐고 달린다.

소시지를 자르는 기계 위에 살라미를 올려놓고 스위치를 작동시키자 주방장이 고함을 지른다. 아차, 포장지를 벗겨내는 것을 깜빡 잊었다. 나는 스위치를 끄고 소시지 끝에 달려 있는 줄을 잡아당긴다. 찢겨 나간 포장지 끝이 좀체 찾아지지 않는다. 나를 뚫어지게 쳐다보고 있는 주방장의 시선이 느껴져서 찾기가 어렵다. 겨우 찢겨진 곳을 찾아내 손톱 끝으로 벗겨내고 기계를 작동시켰더니 이번에는 소시지는 잘려지지 않고 철커덕거리는 소리만 들린다. 또 뭐냐? 칼날 아래를 들여다본다. 칼날 사이에 소시지 조각이 끼어 있다. 소시지 조각을 빼내려고 칼날 근처로 손을 가져가는 순간, 피가 뚝뚝 흐른다.

소시지를 잘라야지 왜 손가락을 자르려고 해.

주방장이 핏대를 올린다. 그때 어느새 다가온 그녀가 머릿수건을 벗어 내 손가락을 칭칭 묶어준다. 조심하세요. 그러다가 큰일나요.

소시지 하나 제대로 못 자르는 게 무슨 쿡이라고, 에이 씨발.

주방장이 욕을 해도 나는 기분이 좋다. 조심합시다. 병신 되면 장가도 못 가요. 직원들의 말이 덕담처럼 들린다. 머릿수건 밖으로 새어나오는 피를 보며 아프죠, 하고 걱정하듯 찡그려진 그녀의 눈썹을 보자 나는 주방장이 고맙기까지 하다. 오늘은 내가 그녀를 바래다줄 거야. 반드시 내가 바래다줄 거야. 퇴근 시간이 기다려진다.


도대체 그녀는 왜 이러는 것일까.

지하철로 가는 길목에서 그녀를 기다렸다. 직원들의 눈에 띄지 않게 골목에서 말이다. 인적 드문 골목이다. 전봇대에 알전구가 켜졌지만 수명을 다한 듯 어두침침하다. 드디어 그녀가 왔고, 나는 그녀에게 잠깐만 얘기하자고 했다. 그녀는 막차 시간이 늦었다고 빨리 가야 한다고 했다. 나는 그녀에게 택시를 타고 집까지 바래다줄 거니까 걱정하지 말라고 안심시켰다. 그녀는 지하

철을 타야 한다며 발길을 뗐다. 내가 택시를 타고 바래다준다는
데 왜 꼭 지하철을 타야만 하는가. 김이 기다리기라도 한다는 건
가. 다들 그 여자랑 잤다는데 나라고 못 잘 것 없잖아. 가만히 있
는 것도 병신이지. 난 사내 아냐? 실실 웃던 김의 모습이 떠올랐
다. 그 빌어먹을 소문 때문에 그녀를 놓쳐버릴지도 몰랐다. 나는
그녀의 손목을 붙잡았다. 오늘은 꼭 내가 데려다주겠다고. 놀란
그녀가 내 손을 뿌리치려 했다. 나는 이대로 그녀의 손을 놓아버
리면 영영 놓쳐버릴 것만 같다. 그녀는 내 손아귀에서 빠져나가
려고 안간힘을 썼다. 정 그렇다면 여기서 잠깐이라도 얘기라도
하고 가자고 나는 그녀의 손목을 잡고 골목 안쪽으로 이끌었다.
어디만큼 끌려오던 그녀가 더 이상 끌려가지 않으려고 전봇대를
붙들었다. 내가 그녀의 손을 전봇대에서 떼어내려 하자 갑자기
그녀가 소리치기 시작했다. 내가 마치 그녀를 해치기라도 할 것
처럼 고함을 지른다. 살려달라고 끊임없이 외치고 있다. 나에게
가 아니라 지나가는 사람에게 소리치고 있다. 사람들이 간간이
지나가지만 누구 하나 그녀를 거들떠보지 않는다. 고개를 돌리
지도 않고 지나가는가 하면 힐끗 보고는 빠른 걸음으로 골목을
빠져나간다. 마치 내가 흉기라도 들고 있는 것처럼. 그래도 그녀
는 소리치는 것을 멈추지 않는다.

　살려주세요. 살려주세요.

　그녀는 겁에 잔뜩 질려 있다.

　그게 아니라고. 그게 아니라고.

나는 그녀를 진정시키기 위해 소리를 지른다.

살려주세요. 살려주세요.

그녀의 목소리가 더 절박해진다.

얘기하자고. 잠깐만 얘기하자고.

나는 그녀에게 진심으로 애원하지만 돌아오는 답은 마찬가지다.

살려주세요. 살려주세요.

바로 그때 누군가 소리친다. 이봐요, 형씨. 연약한 여자를 살살 다루시오, 하는 소리가 들린다. 나는 반사적으로 고개를 들고 소리 나는 쪽을 올려다본다. 바로 옆 5층 건물 옥상에서 담배를 피우는 남자와 눈이 마주친다. 남자가 나를 내려다보며 타이르듯 말한다. 여자를 그렇게 함부로 하면 안 되죠. 나는 짜증이 날 대로 나 있던 참에 놈을 향해 소리친다. 씨발놈아! 니가 뭔데 이래라 저래라야! 참견하지 말고 꺼져! 그 틈에 내 손아귀를 벗어난 그녀가 뛰기 시작하더니 모퉁이를 돌아 자취를 감춰버린다. 날쌘 다람쥐 새끼 같다. 눈 깜짝할 새에 소중한 것을 도둑맞은 기분이다. 너 때문이야. 너 뭐야, 이리 내려와, 하고 놈을 붙잡고 화풀이라도 하려는데 놈도 이미 자취를 감춘 뒤다. 이렇게 허망하게 끝나는 건가.

그런데, 이게 뭐지?

내 팔에 그녀의 가방이 걸려 있는 게 아닌가.

가방 끈이 내 팔에 걸려 있는 걸 뒤늦게 발견한 것이다. 내가 언제 그녀의 가방을 벗긴 걸까. 그녀는 가방마저 버리고 도망간 것이다. 내가 무슨 불한당이라도 된다는 듯이. 그러나 낙심하지 말자. 가방을 돌려주기 위해서라도 다시 만나야 할 테니까.

내일 만나면 무슨 이야기를 할까.

그녀와 나의 스토리가 이제 막 시작된 것 같다. 이렇게 시작해도 나쁠 건 없지. 나는 천천히 발길을 옮긴다. 슬픈 것도 같고, 기쁜 것도 같은 감정이 온몸을 휘감는다.

# 침묵에서 벗어나기

김녕(문학평론가)

1

강연화는 가능한 쉬운 어휘를 채택하고, 대화체를 많이 쓰며 감정 형용사를 직접적으로 들여오는 데에 거리낌이 없다. 그래서 문장은 쉽고, 일상적이며, 멋부림이 없다. 그것들이 말하듯 이어져서 하나의 소설을 이루니, 강연화의 소설에서 미문(美文)을 좇고자 하는 시도는 십중팔구 실패로 귀결되기 쉽다. 화가 나면 화가 난다고 슬프다면 슬프다고 고스란히 털어놓는 문장들은 멋들어지고 가슴 저미는 경구와는 거리가 멀다. 오히려, 대개 우리가 일상에서 사용하는 '입말'과 퍽 닮아 있다.

그도 그럴 것이, 여덟 편의 소설 가운데 일곱 편이 일인칭 시점에 구어성이 강한 문체를 취하고 있지 않은가. 화자의 말이 고스란히 소설이 되는 형국. 강연화의 소설을 읽을 때에 우리의 시선은 화자의 입으로 모아진다. 그렇다고 그들이 무슨 대단한 입담을 가진 이야기꾼인 것도 아니어서, 그들이 건네는 말은 어딘지 미숙하고 미덥지 않다. 언제나 옳지도, 온전히 믿을 만하지도, 정확하지도, 바람직하지도 않은 입. 불확실한 입. 그 어두운 구멍에서 흘러나오는 이야기들을 가만히 더듬어보자.

2

이 소설집 특유의 일인칭 화자의 중얼거림에 가까운 구어체는 강연화가 2006년 선보였던 첫 소설 「카나페」에서부터 발견된다. 화자인 '나'는 호텔 요리사로, 화려하지만 분주하게 돌아가는 주방의 현장을 보여준다. 그의 서술에서는 '주방장'이나 '김'의 요리와 자신의 요리를 차별화하려는 의도, '난희'에게 성희롱조의 농담을 던지는 주방의 "불한당들"과 자신의 순정을 구분 지으려는 의도가 짙게 묻어난다. 아니, 그럴 의도가 있다기보다는 자신의 순정이 그들의 저속함과는 다르다는 것을 믿어 의심치 않는다. 그리하여 그는 더없이 진실한 마음으로 "오늘은 내가 그녀를 바래다줄 거야. 반드시 내가 바래다줄 거야"라고 중얼거리고, "그녀와 함께 버스를 타고 시골로 내려가는 상상"에 빠진다.

물론, 그의 말은 석연치 않다. 정작 그가 난희와 직접 나눈 대화랍시고 떠올리는 건 고작, "이게 뭐예요?" 하는 물음에 "아보카도". "이걸로 뭐 만드는 거예요?" 하는 질문에 "꽃"이라고 단답한 것뿐이다. 이 대화는 단순한 문답(dialogue)이지, 담화(discourse)는 아니다. 그의 내면은 담화를 통해 형성하는 실제 관계를 훌쩍 앞서나가고 있는 셈이다. 온갖 화려한 식재료로 장식된 카나페의 목록이나 호텔 요리의 이미지들은 이 허황된 화자의 내면을 정확히 표상한다. 가령 아래와 같은 대목.

절인 멸치가 주재료인 앤초비 카나페, 조갯살을 사용한 스칼롭 카나페, (⋯⋯) 아메리칸 치즈 카나페 등등. 나는 그중에서 연어 살 카나페를 가장 좋아한다. 연어 살로 장미꽃을 만들면 그녀의 얼굴이 어른거린다. 메인 요리가 나오기를 기다리며 와인과 함께 곁들여 먹는 카나페는 술안주로도 훌륭하다. 언젠가 나는 그녀를 집으로 초대하고 카나페를 만들어주기로 마음먹은 적이 있었다. (193~194쪽)

여기서 나열되는 카나페들은 그 어떤 미각적·시각적·촉각적 감각도 담지하지 못한 채, 그저 '나'의 입에 의해 이름 불리는 '사물'로서만 존재한다. 카나페와 함께 나란히 불려나오고 있는 난희 역시 '나'에게는 별반 다를 바 없어 보인다. 여기에 "카나페를 만드는 목적이 뭡니까. (⋯⋯) 다 필요 없어요. 한마디로 매상이에요, 매상"(200쪽)이라거나 카나페를 "여자를 다루듯이 살살 다루라고. 살살"(195쪽) 운운하는 대목을 만나는 순간, 저 나열된 갖가지 카나페들의 화려한 이름들은 전부 다 쓰레기통으로 직행하게 된다. 요리가 음식이 아닌 상품으로서만 다루어질 때,

그리고 같은 방식으로 여성이 다루어질 때 요리와 사랑은 한없이 저속해진다. 「카나페」의 주방에서는 요리를 대접받을 고객은 상정되지 않는다. 여성의 내면도 상정되지 않는다. 그 지점에서 범람하는 진귀한 식재료를 활용한 카나페에 대한 묘사들, 난희에 대한 숱한 희롱들, "잠깐만 얘기하자고" 난희를 붙들고 소리지르는 화자의 자폐적이고 일방통행적인 소통 양상은 닮아 있다. 그는 어쩌자고 난희와 나누었어야 했을 말들을 홀로 주워섬겼을까. 이제 요리들을 실어 나르는 문장들은 풍성함이 아닌 어떤 공허함을, 따뜻함이 아닌 서늘함을 자아내고 만다. 그러므로 「카나페」가 현란한 요리들을 펼쳐내 보일 때, 거꾸로 우리가 목도하는 건 요리와 사랑이 '사람'에 가 닿지 않아서 빚어지는 지옥도에 다름 아니다. '나'의 말이 순진한 날것, 우리의 일상적인 입말과 가깝기 때문에 그 충격은 더더욱 쓰다.

　「요리책을 쓰라고」의 화자 역시 호텔 요리사로서 경험했던 숱한 진미들과 국가적 행사에 수차례 참여했던 경험을 자랑스레 늘어놓는다. 물론 모든 이력과 언급되는 요리들은 하나같이 대단한 것들이기는 하지만, 우리는 그 구구절절 끝 모르고 늘어지는 말이 누구에게 건네지지 않고 있다는 점을 기억해야 한다. 그것은 일단 "정 그렇다면 나를 위해 요리책을 쓰면 안" 되겠느냐고, "어떤 요리를 하는지, 나에게라도 알려주면 안" 되겠느냐고 호소하는 '그니'로부터 도피하기 위한 자기변명이자, 옹졸한 독백에 불과하다. 그가 늘어놓는 요리와 갖가지 행사의 묘사는 그저 부푼 말로만 있다. 단 하나, "시어빠진 김치"만이 그니의 부재와 함께 묵직한 자조가 되어 화자를 짓누른다. 화려한 호텔 요리와 몇 년 묵은 김장 김치의 확연한 대조만큼이나 그 묘사 분량의 편차 역시 극명하고, 말의 무게 역시 그러하다. 저 숱한 요리의 목록들은 그러니까, 그저 의미 없이 덩치만 큰 것은 아니다. 끝내 말하지 못해 함몰되고 만 어떤 진심을 드러내 보이기 위해 역설적으로 부풀어 있다.

아니, 역설적이라는 수사를 덧붙이지 않아도 되겠다. 해야 했을 말·하지 못한 말·삼켜버린 말·억눌린 말들이 다 어디로 가겠는가? 본심이 아닌 다른 말로 탈주하고, 질주할 수밖에. 그 말이 마음의 깊숙이에 놓인 것일수록, 그리하여 억누르는 힘이 무거울수록 터져 나오는 말은 더 크고 많고 또한 공허하다. 그렇게 강연화 소설에 넘쳐흐르는 저 구어체의 문장들은 거꾸로 누구에게도 가 닿지 않고 다가오지도 않는…… 대화의 불가능성과 맞닿는다.

3

실제로 강연화 소설의 화자들은 끊임없이 중얼거리면서도 동시에 대화의 빈곤을 호소한다. 지난한 도서관 생활의 유일한 말동무 '그놈'을 잃은 후, "이야기를 해본 지가 얼마나 됐"는지 헤아리지도 못하는 '나'(「어쩔 수 없이」). 과거에 엄마와 함께 다니며 "얘기할 생각을 못했을까" 후회하면서도, 여전히 '또라이'에 대한 마음을 곱게 말하지 못하는 '나'(「소주」). 그토록 성가시게 여겼던 '그니'의 잔소리는 온데간데없고, 혼자 떠드는 티브이 앞에 앉아 혼자 중얼거리는 '나'(「요리책을 쓰라고」). 말을 해도 통하지 않는다는 절망에 "발설하고 나면 상태가 더 심해"지는, 그래서 말을 눌러놓고 택시의 질주로 해소하는 '나'(「택시」). 모두가 자기 감정을 쏟아내는 '중마루'에서 홀로 입을 다물고 있는 '나'(「여기, 중마루」). 자식들을 잃은 후 누구도 듣지 못하는 소리를 홀로 듣는 '선영'과 아무것도 "느끼고 싶지 않"다며 마음의 빗장을 걸어 잠근 '남편'(「그 소리」). "잠깐이라도 얘기"하자고 난희를 강제로 붙잡는 '나'(「카나페」). 귀신에 홀린 듯 바다에 나가 '죽은 오빠들'에게 가 닿지 못할 말을 거는 '엄마', 그런 엄마를 바라만 보며 자신의 슬픔과 상처는 그저 담아두었던 '나'(「우중산책」)까지……

대화를 가로막고 말을 삼키게 만드는 구체적인 장애물은 물론 각 소설마다, 인물마다 다르다. 그런데 묘하게도 다들 어느 정도씩은 '자기 자신'이 다루어야 할 문제로 수렴된다. 그것은 일인칭 시점과 구어성 짙은 문장들의 효과이기도 하겠지만, 강연화에게 소통의 문제는 관계성보다는 일종의 자기극복의 문제로 포착되는 듯 보인다. 가령 「소주」에서도 '나'로 하여금 또라이에 대한 본심을 쌀쌀맞게, 심지어는 폭력으로 표현하도록 만드는 것은 또라이가 상기시키는 자기 자신의 모습이다.

(……) 또라이를 보았다. 사람들이 출근하는 아침부터 천변 둑길에 걸터앉아 술을 먹고 있었다. 덥수룩한 머리, 더러운 얼굴, 새까맣게 때가 낀 손으로 멸치를 고추장에 듬뿍 찍어 먹고 있는 모습을 볼 때마다 죽여버리고 싶었다. 사람들이 그를 가리켜 빈집에 사는 또라이, 라고 했다. 꼭 내 안에서 튀어나온 또라이 새끼 같았다. (62쪽)

불쌍한 새끼.
병신 같은 새끼.
또라이 같은 새끼.
왜 갑자기 나타나서 날 괴롭히는 거야. (67쪽)

일종의 자기연민이 그를 챙기도록 만들고, 일종의 자기혐오가 그를 두들겨 패고 욕을 하게끔 한다. 읽는 이에 따라 둘의 관계를 바라보는 시선의 온도는 다르겠으나, 이것이 '나'의 자기극복의 과제가 또라이에게 전가되면서 벌어지는 비극이기도 하다는 건 부정하기 어려워 보인다. 겉으로 '나'는 또라이와 말을 주고받고 있지만, 그것은 어디까지나 상징적인 자기 자신과의 대화이지 '또라이'라 불리는 저 실존과의 대화가 아니다.

그럼에도 불구하고, '나'의 이야기는 어딘지 서글픈 구석이 있다. '나'에게 그것 외의 다른 방식의 소통이 가능하지 않아 보이기 때문은 아닐까. 과거의 자신을 닮은 '또라이'를 고쳐보겠답시고 두들겨 패면서도 살아 있나 자꾸만 들여다보고, 술과 음식을 가져가고 함께 시간을 보내는 것 외에 '나'에게 달리 무엇이 가능할까. 사람 구실을 하지 못했던 시절에 대한 죄책감, 엄마에 대한 죄의식…… 그런 마음을 전해 들어야 할 엄마는 세상에 없지 않은가. 그러므로 '나'가 물에 빠진 그를 건져내는 순간은 결정적이다. "세상에 태어나서 처음으로 심혈을 기울"여 "놈의 입에 내 숨결을 불어넣"는 순간. 그 순간의 '나'는 '또라이'를 건져내는 동시에 자기 자신을 건져내는 셈이다. 그것은 일단 살려(아)서 "못다 한 이야기를" 하겠다는 명백한 의지의 표명이 아닌가. 물론 여전히 갈 길은 멀어 보인다. '말'이 자기를 벗어나 다른 말과 뒤섞여서 '담화'에 이르는 길이 이토록 험난한 것이었다니.

4

강연화의 화자들은 모두 자기표현에 미숙하다. 그것은 곧 말의 빈곤이고, 담화 능력의 빈곤이다. 스스로를 들여다보고, 그것을 타인에게 드러내는 방편을 제대로 갖지 못했다. 일종의 언어의 병목 현상이랄까. 구어투 짙고, 담화가 되지 못하고 흩어져버리는 문장은 곧 인물의 언어 능력을 반영하는 것이기도 하다. 그러니 강연화의 소설들에선 많든 적든 표현해야 할 내면과 사유를 발화의 능력이 따라주지 못할 때의 답답함, 실제로 입 밖으로 나오는 말보다도 복잡한 생각이 가슴 아래에 고여 휘몰아치는 감각이 깔려 있다.

「택시」의 '나'는 밤마다 "이상야릇한 떨림"을 안고 남편 몰래 집을 빠져나와 질주하는 총알택시에 오른다. 그녀 역시 남편과 도무지 대화다운 대화를 나누지를 못한다. 남편은 퇴근하면 무협지 아니면 코미디 프로만 무감하게 쳐다보고 있고, 그녀가 제 악몽을 아무리 "자세히 설명해도 남편은 알아듣지 못"한다. 결국 "무서워도 무섭다고 그에게 말하지 않"고 혼자 속으로 삭이도록 만드는 건, 악몽 자체보다도 남편과의 대화가 불가능하다는 바로 그 사실이다. 밤중에 홀로 미친듯이 질주하는 택시에 몸을 싣도록 만드는 것도, 그러다 어느 기사에게 겁탈을 당하면서도 미약하나마 쾌감을 느끼는 것도, 차라리 "폭발하듯 싸우고" "뭔가를 박살내버리고 싶"은 것도, "과속으로 달리다가 절벽으로 뛰어내리고" 말리라는 예감도…… 모두 남편과 소통하지 못하는 답답함의 역류에 다름 아니다.

그러나 '나'의 일탈은 남편과의 관계로부터 온전히 이탈해버리고 싶은 욕망의 표출은 또 아니다. 그녀가 몰래 집을 나서면서 남편의 시선을 끊임없이 살피며 의식하는 것은 왜일까. 그건 어쩌면, 들키고 싶지 않은 것이 아니라 오히려 그가 알아채고 자신을 붙잡아줬으면 하는 욕망은 아닐까. 반복되는 좌절에도 불구하고 '나'는 그와 계속해서 대화를 시도하고 있지 않은가. 저 질주에의 갈망, 그것으로 자신을 파괴시켜버리고 싶은 충동은 곧

경직되고 고착된 남편과의 관계에 균열을 내고 싶은 애타는 몸짓이 아닐까. 그 몸짓을 언어로, 이렇게 옮길 수도 있을 것이다. "내 마음속에 있는 말들을 그에게 다 할 수 있으면 얼마나 좋을까."(101쪽)

제 말이 제 마음을 온전히 담지하지 못하는 사태. 어떤 인물들은 이 사태의 해결 방안으로 '이야기 방'(「어쩔 수 없이」)이나 '중마루'(「여기, 중마루」) 같은, 발화의 기회와 청자가 보장되는 공간을 찾아 나서기도 한다.

「여기, 중마루」의 '중마루'는 심리학 강의를 듣는 교육원생들이 마지막으로 거쳐가는 일종의 수련원이다. '나' 역시 코스를 완주하기 위해 중마루의 수련회에 참가하는데, 이곳은 각기 별명을 달고 자기 속내를 털어놓는 시간을 갖는다는 점에서 일종의 심리치료의 현장이기도 하다. 다만 '나'는 모임에서 자꾸 겉돌고 만다. 그녀에겐 이곳이 오히려 석연찮은 병리적 공간으로 느껴지는 탓이다. 하기야 중마루의 기존 멤버들이 말을 많이 늘어놓는다고 해서, 서로에 대한 이해도 역시 그에 비례하는 것 같지는 않다. 애초에 중마루는 "잠시 쉬어가는" 곳이라는데, 왜들 여기를 떠나지 못하고 매년 다시 돌아오고 마는 것일까. 이제 말을 술술 뽑아내는 데에는 익숙하지만, 근원적인 문제는 여전히 해결되지 않은 탓은 아닐까. 이것은 '나'가 끝끝내 붙들고 있던 의문이기도 하다.

그러므로 '나'가 "구역질이 날 것 같은" 감정을 자기 안에 가

두어두기로 결정했음에도 불구하고, "다시 여기로 올 것만 같은" 예감에 휩싸이고 있다는 사실은 필연적이다. 동시에 그것은 나아지지 못하리라는 예감이므로, 참담하다. 강제로 화자와 청자의 관계를 만들어내는 것이 무슨 의미가 있을까. 그 안에서만 이야기를 주고받는 게 다 뭔가. 중마루의 멤버들도 당연히 한 번쯤은 맞닥뜨렸을 법한 질문들이다. 각기 어떤 답을 내렸는지는 알 수 없으나, 어쨌든 그들은 중마루로 온다. '나'도 다시 올 것만 같다. 어째서? 그것이라도 필요하니까. 중마루를 떠나면, 내 말을 들어줄 사람이 없으니까. 그곳을 떠나는 지금 당장만 해도, "남편은 전화를 받지 않"고, 그에게 "하고 싶은 말은 (……) 막연하기만" 하다. 중마루에서의 '작업'. 그러니까, 깊은 곳에 숨은 자기 자신을 만나고, 다른 이에게 건넬 분명한 말을 찾는 일. 그리하여 서로가 진정 "가슴으로 만나"는 일은 중마루 바깥으로도 뻗어 나가야 할 것이지만, '활화산'이나 '참나무'는 물론 '엉망진창'에게도 그 일은 아직 소원해 보인다.

그러한 맥락에서 「어쩔 수 없이」는 조금 다른 지평에 다다른다. '나'는 도서관에서 살다시피 하는 스물아홉의 취업준비생이다. 그는 지금 이제는 죽고 없는 '그놈'의 눈동자를 의식하면서, 그놈과의 과거를 복기하는 중이다. '나'에게 그놈은 유일한 말상대였고, "이 차가운 세상"의 하나뿐인 동지였다. 그랬던 그놈이 죽어서 눈동자가 되어 '나'를 따라다닌다. 그것은 물리적 실체라기보다는 그놈이 '나'에게 도저히 떼어낼 수 없을 만큼 가까운 존재였다는 것을 비유적으로 드러내는 장치이고, 그놈에 대한 회상을 보다 생생하게 체감케 도와주는 애도의 방편이기도 하다.

'나'는 그놈의 죽음이라는 사건에 오롯이 사로잡혀 있지만, 언젠가는 애도를 마치고 빠져나와야만 한다. 저 자신의 삶을 지속하기 위해서라도. 그래서 '나'는 벗어나고 싶다. 그러나 억지 노력을 해서까지 "눈동자를 지우고 싶지도 않"다. '나'는 그 양가적인 마음 사이에서 오도 가도 못하다가, '이야기 방'으로 이끌리듯 들어간다. 만 원을 내고 딱 그만큼의 이야기를 할 수 있는 곳, 누구도 들으러 온 사람은 없지만 서로가 서로의 청자가 될 수밖에 없는 곳으로. 시간이 초과되어 추가금을 지불해가면서까지, '나'는 그 누구에게도 하지 못했던…… 아니 들어줄 이 하나 없어서 혼자 끌어안고 있어야만 했던 그놈에 대한 이야기를 풀어놓는다. 그 끝에, 그가 그놈의 죽음에 어째서 그토록 사로잡혀 있었는지가 드러난다.

둘 다 미친 짓을 했던 거지요. 그렇게 장난을 쳤는데 마지막이 될 줄 몰랐습니다. 내가 마지막으로 미친 짓을 했던 그날, 그놈은 모텔에서 나와 병든 티코를 몰고 가다가 가로수를 박고 그대로 가버렸습니다. 혹시 같이 술 마셨냐고 경찰이 찾아와서 물었을 때 나는 고개를 흔들어야만 했을까요. 그날 내가 미친 짓만 하지 않았어도 그놈은 자취방으로 무사히 돌아가지 않았을까요. (27~28쪽)

자책감. 누구도 그에게 죄를 묻지 않았는데도, 그럴 만한 구석이 없는데도, 그는 자책에 무겁게 짓눌려왔던 것이다. 물론 다시 말하지만 일인칭 화자의 '말'은 불확실해서, 기본적으로 온전히 신뢰할 수는 없다. 스스로를 자책하며 늘어놓는 저 이야기는 실제보다 위악적일 수도, 위선적일 수도 있다. 하지만 어느 쪽이 진실에 가까운지를 판가름하는 일은 미뤄두자. 그가 드디어 이야기를 시작했다는 데에 의의를 두자. 세상에 없던 존재가 되어버릴 수도 있었던 그놈이, '나'의 이야기로 어렴풋하게나마 흔적을 남기게 되었다는 데에 의의를 두자. 그놈의 이야기를 홀로 끌어안고 외롭게 고사해가던 '나'가 어찌되었든 '자기 자신'의 울타리 바깥으로 나왔다는 데에 의의를 두자. "그놈과의 행적을 잘 연구해서 랩으로 부르면 괜찮"겠다고, '이야기 방' 바깥으로 이야기의 의지를 갖고 나간다는 데에 의의를 두자.

5

물론, 한낱 이야기가 얼마나 유의미한가. 이 질문은 언제나 가능성과 불가능성 사이에서 희미하게 흔들린다. 담화의 대안으로서의 이야기, 그것의 효용은 측정할 수도 없고 따져 묻기도 어려운 문제다. 그렇다면 이렇게 물어보자. 대화의 가능성이 원천적으로 가능하지 않다고 해서, 우리는 그것을 포기해야 할까? 조금 더 구체적으로…… 진정으로 말을 건네야 했을, 담화를 나누어야 했을 존재가 부재할 때…… 우리는 그 거대한 침묵을 어떻게 다루어야 할까?

하나, 계속 침묵을 지킨다. 이 선택지를 선택한 유일한 소설, 「그 소리」는 공교롭게도 유일하게 삼인칭 시점으로 쓰였다. 이것은 우연일까? 두 아들을 잃은 선영과 그 남편의 황폐한 삶을 담은 이 소설은 저 홀로 제삼의 시선을 도입함으로써, 불완전하게나마 내 말은 내가 하겠다는 의지를 놓아버린 것처럼 보인다. 자식을 먼저 떠나보낸 것…… 끔찍한 일이다. 그리고 그 비극의 고통에 사로잡힌 배우자와 남은 평생을 함께 보내야 한다는 사실 역시 그렇다. 비극 이후 선영은 '툭. 탁. 틱……' 하고 물이 떨어지는 듯한 소리에 시달리지만, 남편을 포함한 그 누구도 그 소리를 듣지 못한다. 우리는 선영이 윗집에 쫓아 올라가고, 건설업체에 항의하고, 하자보수센터며 공인중개사에게서 안 듣느니만 못 한 조언을 받는 걸 지켜보면서 그녀가 느꼈을 소통불가능의 답답함을 간접적으로 체험하게 된다.

그러나 결말은 사태를 한층 복잡한 국면으로 이끈다. 언제나 고통을 "말도 못"하고 "혼자 앓았"다며 남편이 눈물을 흘리자, 선영에게 다시 '그 소리'가 들려온다. 선영은 그저 "그 소리를 듣는 것 말고는 아무것도" 하지 못한다. 선영은 '그 소리'에 대한 이해를 호소하는 한편 남편의 호소를 외면 혹은 알아채지 못하고 있었던 셈이다. 그러니 저 소통 단절의 책임은 「카나페」에서

와는 달리 오롯이 어느 한쪽에게 부과할 수는 없는 노릇이다. 거꾸로 말하면, 둘 사이의 정적은 둘 모두의 침묵으로 채워지는 셈이다.

둘, 그럼에도 불구하고 이야기를 시도한다. 표제작인 「우중산책」의 서사는 엄밀히 말하면 이미 다 종료되어 있다. 엄마가 전하는 '서간이 부부'의 삶은 이미 끝나 귀신이 되어 나타나고, 잠시 거두어 키웠다던 '작은 놈'은 찾을 길이 없다. 또 아무리 사무쳐 궂은날마다 바닷가에 나가 말을 걸어도, 엄마의 자식들—'나'의 오빠들은 살아 돌아오지 않는다. 그리고 '나'가 엄마의 이야기를 전하는 지금, 엄마도 결국 "가슴에 박힌 못을 빼내지 못"하고 갔다.

이미 종료된 서사, 죽음으로 침묵하는 사람들⋯⋯ 그 앞에서 엄마가 할 수 있었던 건, 서간이 부부와 자식들에 대한 이야기를 그저 하는 것. '나'가 할 수 있었던 건, 엄마에 대해 그저 이야기하는 것뿐이다. 그 과정에서 그들은 자신이 도맡았어야 했으나 그러지 못한, 자기 책임의 공백을 깨닫는다. 그러나 여전히 사태는 돌이킬 수 없으므로 이야기의 어조에는 회한이 짙게 드리운다. "왜 말하지 못했을까"(54쪽) 하는 중얼거림으로 귀결되는 짙은 후회의 색채.

그렇다면 '이야기하기'는 그저 자기반성과 회한밖에는 남기지 못하는 것일까? 그것은 물론 지나간 일을 바꾸어주지는 못한다. 다만, 뒤늦게나마 자기를 돌아보게 해줄 수 있을 뿐. 어쩌면 우리가 이야기의 가능성을 믿어보는 건, 그 한 가지 때문일는지도 모른다. 어쩌면 그건 무모한 도박일는지도 모른다. 아무리 믿음을 실어도 이야기는 여전히 사람을 온전히 바꾸어놓지는 못하겠지만, 적어도 같은 회한을 반복하지 않도록 어렴풋한 부표쯤은 되어주지 않을까? 물론 이것은 나의 기대이고, 나의 믿음이다. 목구멍이 억눌리고, 입이 틀어막혀도 줄곧 무슨 이야기라도 하려고 애쓰는 강연화의 소설을 당신들은 어떻게 읽었는지…… 나는 모른다. 나의 읽기가 당신들의 읽기와 얼마나 닿게 될지에 대해서도…… 순진한 믿음은 갖고 있지 않다. 나의 말 역시도 언제나 옳지도, 온전히 믿을 만하지도 않은 불확실한 말인 탓이다. 그럼에도 불구하고 이야기를 시도하는 건, 그것만이 침묵에서 벗어나는 유일한 방법이기 때문이다. 강연화의 몇몇 인물들이 그러했듯이.

이제, 당신들이 응답할 차례다.

어느 추운 겨울날, 지하철역에서 보았던 여자가 떠오른다. 여자는 코트도 입지 않고 양말도 신고 있지 않았던 걸로 기억한다. 집에서 금방 뛰쳐나온 것 같은 여자의 손에는 조악하게 만든 피켓이 들려 있었고, 피켓을 잡은 손가락은 빨갛게 얼어 있었다. 여자는 찬바람이 부는 계단 입구에 서서 피켓에 쓴 글자를 끊임없이 되뇌고 있었다. 피켓에는 '우리 남편이 바람을 피웠어요'라고 쓰여 있었다. 여자는 믿을 수 없는 사실을 되뇌며 자신에게 각인시키는 것 같았다. 행인들은 그런 여자를 미친 사람 보듯 지나갔지만 여자의 표정은 더없이 진지했다. 여자는 평범한 가정주부로 보였지만 잠깐 정신이 나갔던 것일까. 나는 한동안 계단 모퉁이에 서서 여자를 바라보았다. 무엇이 그녀를 밖으로 내몰았을까. 무엇이 그녀에게 부끄러움을 무릅쓰고 발설하게 했을까.

살다가 구덩이에 빠졌을 때, 한 편의 소설이 태어났다. 구덩이에 빠진 나를 구제하기 위해서 썼다. 사랑을 잘 몰라서 사랑을 알고 싶어서 썼다. 사랑하기 위해서 썼다. 그놈의 사랑이라는 것이 아직도 뭔지는 몰라도 끝까지 포기하지 않을 것이다. "나의 가장 나종 지니인 것"이 눈물이 아니라 사랑이기를 바란다. 사랑에 눈뜰 수 있도록 도와준 내 주변의 모든 이들에게 감사드린다.

그리고 나의 스승님! 가르쳐주신 은혜를 어떻게 갚을 수 있을까요……

소설집을 묶어준 강출판사와 이진선 편집자에게도 고마움을 전한다.

2018년 1월
강연화

## 수록 작품 발표 지면

# 우중산책

© 강연화

1판 1쇄 발행 | 2018년 1월 31일

지은이 | 강연화
펴낸이 | 정홍수
편집 | 김현숙 이진선
펴낸곳 | (주)도서출판 강
출판등록 | 2000년 8월 9일(제2000-185호)

주소 | 서울시 마포구 동교로 17안길 21(우 04002)
전화 | 02-325-9566
팩시밀리 | 02-325-8486
전자우편 | gangpub@hanmail.net

값 13,000원
ISBN 978-89-8218-227-3  03810

이 도서의 국립중앙도서관 출판예정도서목록(CIP)은 서지정보유통지원시스템 홈페이지
(http://seoji.nl.go.kr)와 국가자료공동목록시스템(http://www.nl.go.kr/kolisnet)에서 이용하실 수
있습니다. (CIP제어번호 : CIP2018002099)